KB120851

꽃의 복화술

시작시인선 0174 꽃의 복화술

1판 1쇄 펴낸날 2014년 10월 27일
지은이 이정원
펴낸이 채상우
디자인 정선형
펴낸곳 (주)천년의시작
등록번호 제301-2012-033호
등록일자 2006년 1월 10일
주소 100-380 서울시 중구 동호로27길 30, 413호(묵정동, 대학문화원)
전화 02-723-8668
팩스 02-723-8630
홈페이지 www.poempoem.com
이메일 poemsijak@hanmail.net

ISBN 978-89-6021-223-7 04810
     978-89-6021-069-1 04810(세트)

값 9,000원

꽃의 복화술

이정원

천년의 시작

시인의 말

맨발이었다
암담한 발치
구름을 구겨 신었다

기억의 단층에서
기척 없이 꽃이 피었다
박하향이 났다

기나긴 에스프리
구불거리는 길을 걸었다

구름 발자국이
패인 상처를 다독였다

턱을 괸 나무가
백야의 저쪽으로 저문다

겨울을 통과하는 새들의 부리에
바람이 물려 있다

곧, 눈이 오리라 캄캄하게

차례

시인의 말

9

제1부

꽃의 겨를

모란 환한데

강심(江心)으로 어두워져 갈 때 번졌을 비명처럼 꽃잎은
대책 없이 붉은데

강바닥까지 내려갔어도 별을 줍지 못해
생의 닻줄 풀어 강물 깊숙이 정박했다는 그를
어두워 들여다볼 수 없다

별은 주울 수 있는 게 아니라고 목어가 다그르르 일렀다

명부전 액자 속 마흔아홉 날째 나른히 졸고만 있는
별인 줄 알고 잠 한 줌 길으려던 그의 죄
얼마나 깊은지 알 길이 없고

강에서 발뒤꿈치를 물고 따라왔을
물고기 한 마리 풍경 안에 갇혀 쟁쟁 울었다

붉은빛 아직 선연한 채 후드득 지는 모란 너머
서쪽으로 서쪽으로 불려 가는 낮달의

맨발이 아프다

독법

일몰이 꽃 빛깔 유서를 쓰데요 바다 속살도 꽃 빛이데요 변산 적벽강인데요 저 붉디붉은 필설 펼치려 바다의 통증도 끌어안았다네요 세상 모든 꽃은 그러므로, 최후의 유서인데요 노을의 단말마에선 비린내가 나데요 무저갱에 떨어진 한 여자 비릿한 외로움에 부대끼고 있는데요 독배 같아 울컥, 토해 버려도 자꾸만 들이키는 저 바다를 괭이갈매기 부리 세워 점자처럼 읽고 가데요 갑자기 하늘 귀퉁이 운필 서두르는 이유 그 여자 알 만하다는데 한 획, 한 획 꽃물 빠지고 나면 썰물처럼 필력 묽어질 것 발밑 따개비들 제 살갗에 꽃의 문양 새기는 이유 알 만하다는데요 층암절벽의 단애 깊고 쓸쓸해 칼금을 품었는데요 움푹움푹, 외로움에 찔려 적벽으로 서서 붉은 유서 읽고 있는데요 그 여자

홀로,

저물어 가데요

쾌(快)

상쾌, 유쾌, 통쾌를 한 쾌에 꿰어 볼까

상쾌만으로 조금 찜찜한 구석 있을 때
유쾌만으로 조금 허름한 구석 있을 때
통쾌만으로 조금 미진한 구석 있을 때

흔쾌도 잡아다가
명쾌도 잡아다가

북어처럼 말려 보면 어떨까

댕그랑, 종소리가 날 때까지
창자 들어낸 목어
허공에 텅 빈 울음 산란할 때까지

그 울음 백두대간에 널어놓으면
한 쾌의 낭랑한 징후들 겨울바람에 익어 갈까

숨찬 오르막 끝
구룡령 고갯마루에 선다

상류를 꿈꾸며 바람결 거슬러 온
쾌한 어족 한 두름
호쾌, 장쾌도 불러다 채 잡혀 두드리는 운판같이
구름에서도 맑은 소리가 난다

오래 묵은 내 병증 꼬들꼬들 쾌차하겠다

저녁의 배경

당신이 다녀갔다

아가미에는 강물에 끌려온 혀가 물려 있다 당신의 혀는
너무 얇아서 이 저녁 몽롱한 어스름을 핥는다

당신을 문밖에 세워 둔다 에릭 사티의 짐노페디가 일곱
번쯤 흐르는 동안, 당신이 흥얼거리는 음역에는 느릿느릿
비백(飛白)의 운무가 깔린다

몽매를 다독여 곁잠 들려고 당신은 길 떠나온 사람 초사
흘 달 짊어지고 배회하는 사람 적멸이 보궁이라고 믿는 사
람,

나는 자꾸만 소소해져서 보궁 깊이 숨는 법 익히는 중
이다

당신이 나를 다녀갔다 예리하지 못해 내 가슴을 비껴 나는
새, 새의 닳아빠진 발톱으로

일몰이 구상나무 꼭대기에 마지막 붓끝을 적묵법으로 내

려놓을 때 별빛을 포란한 당신은 어둠 속으로 귀소한다

솟대 끝에 달이 앉아 있다 당신은 너풀대는 소맷자락으로
달의 이마를 훔친다

당신이 지나갔다 월식처럼 내 몸을 건너 주저 주저,

테이크아웃

하룻밤 가출을 주문한다
불량한 바람은 나의 것

뫼비우스 띠의 곡면 위에 서 있었다
돌고 돌아 제자리
낮과 밤을 자르면
몇 배로 늘어나던 협궤의 시간들
모래를 씹기에 좋은 사막의 구름방에는
모처럼 침엽수의 뾰족한 돌기가
사방연속구름무늬 벽지를 찌른다

옥죄인 매듭은 기실 옥죈 것,
그러므로 너무 늦은 주문

처박혔던 내가 울 준비를 끝내고 목 늘인 어쿠스틱 기타
처럼
저릿한 어깨를 튜닝하고 밤의 문고리를 당기면
누군가 물어 올지도 몰라, 브람스를 좋아하세요?

쏟아지는 구둣발

나른한 불빛 다정해
뽑아 든 나를 받쳐 들고 걷는
저물지 않는 도시는 음악이 데려다 준 성지
날개 무거운 내가
잠시 내려앉는다 날개 찢긴 멧노랑나비처럼
앙상한 가지 휘감은 꼬마전구처럼

하룻밤 가출을 끼고
까만 골목의 울음 걷어차며 헤매는 사이

밤이 휘발되는 궁륭 너머
새벽을 머리에 꽂고 귀가를 서두르는 또 다른 나와
불현듯 마주 선다

한 잔의 부글거리는 가출을 다 마셔 버린다

새의 게르

새들의 처소에선 유목의 냄새가 난다 가림막 치워진 겨울
이면 안다 높다란 공중의 저 건축 공법, 바람모지 몽골 초
원의 게르를 닮았다

그 유목의 처소엔 별들이 쏟아져 나뒹군다는데 허공에
엉덩방아 찧는 별들 불러들이려고 가지 끝 벼랑 위에 집을
두는가

허공엔 빗장이 없으므로 별들도 무시로 들락거리는 저
누옥

둥지에 엉덩이 붙인 별들 잠 뒤척일 때 새들은 부리로 마
두금을 켜 다독여 재운다 밤새 엄동의 발굽 야생마처럼 설
쳐도 새벽녘이면 볼 수 있다 별들의 부화를 깃털 달고 사라
지는 짧은 극명을

어떤 난생(卵生)은 별과 한 종족일지도 모른다

모든 발자국에는 유전의 법칙 징 박혀 있어 저 유목의 보
행법 따라가 보면 고단한 것들의 생 점치는 점성술에 닿을

것도 같다

　별과의 내통을 위해 새들은 오늘도 뼛속 텅 비우고 제 처
소를 공중에 매다는가

　허공에 기대어 꿈꾸는 저 게르

가벼운 결속

벼랑은 백척간두
전 생애를 거는 곳

하필 거미는
그곳에 집 지을 생각을 했을까
날개 아니면 닿을 수 없는 허공 그 벼랑에

천둥 치고 벼락 때렸다
천지는 울고불고 전선은 까무룩 혼절하고

한바탕 구름 우화(羽化)의 기척 역력한 소란 뒤

나비와 잠자리 날개로 짠 실그물
하루살이 눈곱으로 지은 집
말짱하다

여린 것들끼리의 결속 저리 환해
끄떡없다
독거의 신전

벼랑에 온몸 실으면
먹어도 먹어도 가벼워진다고

한 채의 생
더없이 투명할 거라고

착란

바다를 무연히 펼쳐 놓고 당신은
비리다는 말의 근원을 파고드네

나는 바다, 라고 말하려다 그만두었지 귀때기가 새파랗
게 얼어붙은 노루귀를 보았거든 노루귀 언 살점에서 비린
내가 훅 끼쳤거든

비리다는 건 바다에 갇힌 관념
동물성 후각으로 당신은 나를 바다에 은닉하고 싶어 했지만
나는 바다에서 벗어나려 꿈틀, 했네
그러자 사방에서 몰려오는 비린내

저녁의 포충망에 걸린 나비 날개 몽롱하게 말 거는 안개와
젖몸살로 부푼 매화꽃 몽우리
아주 여린 것에서 떨림이 왔네

저녁의 문설주에 오관을 기대면
착란의 말들 내 무릎에 고여
바다는 제 살내를 철썩 파묻고 노루귀는 솜털 비벼 언 귀를
세우지

26

당신은 바다에서 퍼 온 시퍼런 비린내를 퍼붓고 싶어
담뱃불 끄듯 노을을 끄고

보행론

등산 스틱 짚고 산을 오른다

네 발이 되어 보니 알겠다
직립의 선택은
호모에렉투스의 결정적 실수

호보 걸음 걸어 보면,

어둠 후딱 눈치채고
여명도 빠끔 알아채
몸이 등피처럼 밝아질 것
만 리 밖 작은 떨림에도 귀 예민해져
네 발 박차고 냉큼 내달릴 것

땅이나 사람에
헛발질로도 넘어지지 않으리

네 발 그리워
내 척추는 질주의 본능으로 꿈틀대다
휘어진 것

서 있는 일 힘에 부치면
네발짐승 흔적 선연한 꼬리뼈가 삐끗,
어깃장 놓는다

섣불리 꼿꼿해지지 말 일이다

채운암 별사(別辭)

당신,

구름 냄새가 난다 치자향 분분(紛紛) 뿌리 없이도 피고 진다

압화를 만들까 그댈 눌러 마른 잎새로 고정해 버릴까 뿌리혹박테리아처럼 순간을 잡아채 돌 속에 심고 싶은데
쪽마루에 앉은 채 두 발 남씬 구름에 얹어 꽃 대궁 몇 뼘 키워 보고 싶은데

실상 여기서 구름은 낯이 설다

당신은 뭉뚱그린 말의 고치를 짓고 내 말문 절로 닫히는데 법당도 말씀을 잠갔는지
꽝꽝, 언 데가 보인다

저녁의 서쪽,
낯선 문체로 엉기는 구름 바라기 너무 늦어 흩어진 살점 줍느라 마음이 활처럼 흰다

분합문 속 봉황은 천 년이라도 날 듯한데 나는 휘어 버린

마음만 챙겨 펄럭이며 온다

　화양구곡 물살에 굽이굽이 서느러운 기별 부리고는

　뿌리 없이도 활짝 핀 적란운 층층 무슨 할 말 그리 낑겨
있는지
　구름무늬 돌올해서 채운, 그 암자
　옴팡 떠메고 온다

얼룩의 계보

얼룩은 달의 뒤편에서 태어나지

내시경을 들이대면 감춰 둔 얼룩들 모조리 드러난다고
엄마는 달처럼 부푼 배를 붙안고 벼랑으로 갔어
얼룩을 몰래 지우려

백척간두
섣부른 한 걸음을 마다한 벼랑에게
등 떠밀려 돌아온 엄마
한 움큼 소태맛 울음을 찍어 먹었지

엄마는 얼굴을 반쯤 가리고 천정에 빌붙었는데
쥐 오줌 자국이 엄마의 유일한 호신 거울
화등잔은 밤에만 읽는 책의 보호 덮개였지

얼룩의 딸들이 자꾸 태어나고
얼룩은 끊일 듯 말 듯 이어지고
습습한 꽃처럼 아무 데서나 피고

달의 뒤편을 헤집으면

해시시, 마약처럼 웃는 얼룩의 종자들

이유도 없이 쑥쑥 자라는 게 있다면
번지는 게 있다면
그건 꺼내기 두려워 숨겨 놓은 물혹이라고
물, 같은 의혹이라고

엄마와 내가 얼룩을 수반에 꽂아 놓고 새처럼 지저귀지

누란에 서다

단산한 여자처럼 누워 있는 새만금 개펄
퇴박맞고 나뒹구는 몸뚱이 여기저기 마른버짐 피우고 있다

죽은 농게 눈에 화석처럼 박힌 갯내, 무딘 게걸음으로 걸
어와 코끝 지분거리는데

잘못 왔다, 길을 잘못 들었어,
빈 부리 치켜든 청둥오리가 개펄을 박차고 날아오른다

뻘 속에 묻혀 살다 뻘이 되어 버린 아낙들 속 빈 백합을
캐고 있다 끊임없이 헛손질만 하고 있다

갈고리를 물고 늘어지는 뻘의 입 옥니처럼 꼭 다물고 놓지
않는다 우물우물 삭이고 있던 게거품만 뿜어 댄다

서역이 아니더라도 어디든 누란은 있다

소실된 왕국의 유적처럼 쓸쓸한 패총만 남은 마른 개펄 위
자멸하듯, 석양이

아낙들 둥에 칼을 꽂는다

참척

초경의 꽃다발

모가지째 졌다

피지 못해 더 붉었다

비린내가 났다

노란 리본도 죄스러웠다

처박힌 고개가 뻘 속으로 기울었다

울음의 갈고리들 단단히 묶어야 했다

피로 쓴 글자를 허공이 지웠다

수심(水深) 깊이 수심(愁心)이 쌓여 갔다

봄을 짓이기고 싶어 명치를 쳤다

바다는 앙다물었고

세월은

곤두박인 채

칠흑으로 암담했다

●2014년 4월 16일 안산 단원고 학생 300여 명과 일반 승객 200여 명을 태운 배 세월호가 진도 앞바다 맹골수로 부근에서 침몰했다. 구조된 사람이 172명에 불과했으며, 304명이 사망했다.

눈치를 키우다

눈치는 싱싱한 활어, 목구멍에 제 아가미를 종종 걸쳐 놓는다 꼬리지느러미를 내 눈시울에 바짝 기댈 때도 있지 맑고 고독한 일급수를 꿈꾸는데 저 비릿한 눈짓에 홀려 금세 들통 날 어떤 징후들도 비늘 속에 적당히 숨길 줄 아는, 눈치를 키운다 회 쳐 먹고 싶은 날것의 쫀득한 육질, 파들파들 육감이 살아 있다 나는 얼결에 몇 마디 즉흥연주를 해 버리곤 한다 그놈이 내 메신저라고 우겨도 어쩔 수 없지 우리는 언제부턴가 너나들이 없이 산다 공생의 부산물은 치명적 오수(汚水), 그 더러움의 농도가 역류성식도염의 자가 진단법! 허나 정말 눈치도 빠르지 폐수 직전 후딱 물갈이 해치울 줄 아는, 눈치라는 싱싱한 물고기와 산다 여리디여린 수조에 갇혀 싱싱해서 너무 슬픈,

제2부

바람을 키우다

산길 고욤나무가
말라비틀어진 젖꼭지를 매달고 있다

흔들흔들 누군가를 달래는 중

가만 보니
바람에게 젖을 물리고 있다
마지막 한 방울까지 다 짜내고 있다

쪼그라든 꼭지가 까맣다

까매질수록 바람은
바위만 하다가 집채만 하다가
산만큼 커져서 온 숲을 흔들어 댄다

고욤나무가 바람을 키운다

마음의 거처

개심사(開心寺)에 가면 저절로 열릴 줄 알았네
마음의 문,
산문이 어림없다고 세심동(洗心洞) 표석으로 가로막네
씻을 마음을 찾았으나 고놈의 것
벌써 휘적휘적 돌계단 앞서 오르고 있네
뒤쫓는 몸만 숨 가쁘네
씻을 마음이 어디에 있느냐고
있으면 내놓아 보라고
연못가에 가부좌 튼 바람에게 묻네
씻을 것도 씻길 것도 없으니
열 것도 열릴 것도 없지 않느냐 따져 묻네
백 년쯤 제 속을 들여다보며 마음 닦아
환골탈태하고도
씻을 것 있다고 연못 속에 몸 담근 배롱나무
불쑥 심검(心劍)을 들이대네
구태여 찾지도 말고 씻으려도 말고
굽으면 굽은 대로 휘면 휜 대로 흘러가게 두라네
멀찍이 고개 끄덕이는 심검당(尋劍堂) 배흘림기둥
마음의 문고리 잡아당기고
아무리 해도 열리지 않고, 고놈의 마음

개심사엔 이제 가지 않으려네

종루 위 덩그런 범종 같은

웅크린 마음 다 들켜

한밤의 비브라토

밤이 멱살을 잡혔다
다짜고짜 쥐고 흔드는 저 악기에게 잡혀
꼼짝없이 커다란 울림통이 된 밤

높은 '도'에서 '파#'과 '미b' 사이 파르르
절묘한 비브라토
우렁우렁 밤의 울림통을 점점 부풀린다

현란한 진폭의 저 금관악기는 지금 더께 앉은 녹을 닦
는 것

소리는 파장으로 영역을 넓혀 간다
거실 바닥이 떨고 벽이 떨고 천정이 떨고
창밖 그믐달도 파르스름하니 떨고 있다

이따금 길고양이 사내의 웅얼거림 낮은음자리표로 스미고
수성 볼펜 자국 희미한 오선 삼각파도에 휩쓸리기도 하
더니

눈 밑 그늘이 우물처럼 깊던

아래층 여자의 파란은 만장해서 기어이 오늘
밤의 속살 헤젓는 보표가 되었나 보다

진동이 없다면 소리도 없을 것

마우스피스를 악문 저 단조의 근원은 얼마나 첩첩한지
목울대 떠나 밤에서 밤으로 이어질 듯 애끓어서
바람도 골목을 드나들며 가릉거린다

어떤 이에게 구음(口音)은 소리를 문 녹슨 미늘이다

내성(耐性)

목 오므려 알약을 꽂아요

편두통 한 알
불면 한 알
열꽃 몇 알
무른 병 모가지에 울컥 꽂으면
비밀정원에
꽃피는 반란
병은 팔레트처럼 색깔을 개어 찍어 바르고
시치미 뗀 헛물을 켜요

주전자는 어디 있지 컵은 어디에 있더라?

안개가 밤을 잡아먹어
나는 잠을 잡아먹어

식탁에 차려진 덩그런 아침이
시린 이빨 덜그럭거리며 우두커니 서서

탈색된 꽃잎은

숟가락처럼 나를 병 속에 꽂아 두고
성마른 날들을 자꾸 피워 올리죠

곱디고운 색깔들은 다 어디로 휘발됐을까?

결행

입술을 베 버렸지 입술을 베니 혀가 사라지고 사금파리가 불쑥 빛났지 층층나무가 층층이 얹고 있던 꽃잎을 떨어뜨렸지 늦봄, 직립은 참 눕히기 좋은 자세야 입술을 베어 먹히고 입 다문 자명종은 어디서 우나 새의 발화 방식으로 우닐던 아침 꾸다 만 꿈이 소복하게 얹혀 있었지 층층나무 위 언제든 뛰어내릴 자세로

귀도 잘라 버렸지 귀를 자르니 소리 소문 없이 폭죽이 터졌지 누군가 우당탕 머릿속을 굴러 댔지만 귀가 없으니 얼마나 좋아 타르 같은 어둠에 몰두했지 어둠의 물결 소리 어둠의 몽골 평원 어둠의 내레이션, 그런 묵극을 사랑해 묵극의 몸짓을 사랑한 나머지 무작정 북극으로 갈지도 몰라 북극의 오로라는 침묵이 피운 찬란의 절정, 고위도에선 빛의 과잉은 공포라는데 나는 그 공포의 파장을 속귀로 듣고 있는데

눈은 그냥 두었지 녹내장의 세상은 녹색일까 궁금해서 눈동자에 파라핀 양초를 켜 두었지 윤활유는 이미 뽑히고 반투명으로 굳혀지는 눈 시나브로 타오르는 눈 거지반 촛농이 될 눈 발밑으로 뭉개져 마침내 주저앉아 버릴 눈 그러므로

나는 올빼미를 부추겨 눈알을 빌렸지 오, 긴 밤을 올빼미 눈

드디어 나는 칼 한 자루를 손에 넣었지 연두를 찌르기 좋은 늦봄 뭉툭한 과도를 품고 층층나무에서 뛰어내리면 하얗게 질려 엎드려 있는 새벽

허물

후박나무 둥치에 베옷 한 벌 걸려 있네

　너무 울어 텅 비어 버렸나 적막한 저 매미 허물, 개켜 놓
지도 못하고 몸만 빠져나갔네 울음주머니만 겨우 끌어안고
나갔네 제 빈소 서성이는 혼백처럼 울음은 스, 스으, 스,
옷 속으로 구겨지다가 일순 옷자락을 떨치고 터져 나갔네
한낮은 바글바글 끓어 넘쳤네 울음 나이테 너무 빼곡해 빗
자루처럼 허공을 쓸고 있네 옷 한 벌 문패로 내걸고 고요의
집 단박 쓰러뜨릴 기세였네 둥치에 걸린 옷자락 후우 불어
도 끄떡없네 물끄러미 쓰러지는 고요만 바라보네 얇디얇은
껍데기 속 어디에 그 많은 눈물 알갱이 슬어 있었나 우물처
럼 깊은 울음 곳간

　야산 자락에 전주 유인 이(李) 씨란 허물로 남은 어머니,
　우포늪 같았을 속울음
　대신 울어드리고 싶네

　허물 버리고
　바싹 마르시라고 가벼워지시라고

그믐달

그
래서
마침내
한호흡으로
네가눕던날매
복해있던어둠이
임종을맞은얼굴로
젖어있었네거울의
뒷면처럼슬퍼져서나
오늘성마른담벼락에
기대츄잉껌처럼따분해
진다네천공과편먹은한
획붓질이여휘묻이한꿈
은싹수가보인다고진즉
에개밥바라기데리고나
와밥그릇긁어대더니
쉐빙선처럼떠서또하
루건너가라는거니쇠
쇠얼음을밀며
야윈발내디디며한
호흡으로마침내

꽃의 복화술

그리움은 외발이지 무엇엔가 기대려 하지

열흘 붉은 뒤에도 한층 소스라쳐 백일에 닿는 꽃 향낭을
풀어 딸꾹딸꾹 물 위에 풀어놓는 꽃 경면주사로 쓴 부적을
여름내 깃발로 걸어 놓는 꽃

명옥헌, 고운 짐승처럼
선홍이 우네
여름에 찢겨 산발한 곡비처럼

손톱을 물어뜯어 피가 고였지 라솔솔미 라솔솔미, 검은
등뻐꾸기 적막에 엎드려 우는 비애의 통점을 파먹었지 두드
러기의 나날, 가려워 피나도록 긁어 대다가 까무룩 숨 놓아
도 좋을 허공에 안기고 보니 시푸른 물의 맨살, 반짇고리에
감춰 둔 실타래 꺼내 불긋불긋 풀어놓으면

그늘은 우묵하지 대낮을 수납하기에 안성맞춤이지 쓰르
라미의 이력 싸잡아 들여놓으려 품을 맘껏 늘여 보는데 불
현듯 쏟아지는 저 생리혈, 그늘은 붉은 맛을 완성하지

꽃은 피일까 피가 꽃인 것처럼

배롱꽃
그리움으로 사르는 허공 외발로 걸어
헐은 곳마다 피딱지 익는
백일은 오지
오고야 말지
절정의 막고굴 저 환한 폐허로부터

설원(雪原)의 시간

블라인드를 올리죠
적막이 치골 깊숙이
밀입국하는 저녁
거기 깊은 거울이 있죠
짐승이 있죠
창은 얇은 시간을 언제 버렸는지
깨지기 쉬운 낭설을
엎지르죠
이제 거울의 시간
짐승의 시간
빛은 밖에서 안으로 자리를 옮겨 앉고
실루엣만으로도 나는
네발이 되죠
북극곰처럼 눈이 자꾸만
깊어져서
설원에 서 있지만
얼음은 자꾸 녹고
얼기를 기다리다 절반으로 줄어드는
내 몸피를 들여다보죠
부빙(浮氷) 위에서

노리는 먹잇감

사투 끝에 순식간 두개골을 부수는

그 짜릿한 포획의 손맛을

기다리죠

거울을 들여다보면

창이 거울의 이면이 되는

북극의 설원이 거기

하얗게 떠오르고

나는 얼음굴을 밤늦도록

파고

하얗게, 밤

늦은 밤
천수다라니 일곱 번 치고 십악참회를 하고

잠자리에 들려는데
열린 베란다 문으로 쳐들어온 초파리 떼
잡아도 잡아도 극성을 떨고
한 시간 남짓 고요한 일격에 몰두하는 내
손바닥 안에서 가난한 주검이 자꾸 뭉쳐지고

잠 안 오네

그놈들 다시 집요하게 달라붙고
읽던 시집 던져 덮치고 보니
『라일락과 고래와 내 사람』 표제 틈서리
마침표처럼 주검 하나 꽂히고

　검은 눈물을 흘리는 물새를 만났지 대평원인 바다를
등 뒤에 두고
　검은 눈물을 흘리는 물새를 사람처럼 눈물 흘리는 물
새를

*물샐틈없이 내 가슴이 **뻑뻑해져 왔지***[*]

마침 그 대목
눈물 흘리는 물새를 떠올리고
비명에 져 버린 한 시인 생각에 가슴 **뻑뻑해지고**

불현듯 백석의 거미가 떠오르고
저들 초파리에게도 가족이 있어 울고불고 할까
갸웃거리다가
나는 왜 서럽지도 않은가 스스로에게 묻고

눈은 말똥말똥

별 살의 없이도 살생 저지를 수 있는 내가 밟혀
피도 눈물도 못 보았다고 우기고

옴 살바 못자모지 사다야 사바하
밤새 하얗게 변명을 버무리고

---

[*] 김충규의 유작 시집 『라일락과 고래와 내 사람』 중 「검은 눈물을 흘리는 물새」 부분.

먼 사원

듬성듬성
썩은 이처럼 폐가가 박힌 마을 초입
부처의 나발(螺髮)
흐드러졌다

칠흑을 살라 불 밝힌 불두화
꽃 무더기 법석
썩은 이 뽑고 금강의 집 들이려나

혼자 피었다 혼자 깊어지는 꽃

바람에 부대끼면서 이룬
부처의 두상(頭狀), 두상꽃차례에선
밀교를 섬기는 꿀벌들의 집회 무르익었다

절간인 듯 경건해져서 나도
한나절 삼매의 꽃차례 피워 보려는데

내 두상엔
검고 번다한 꽃잎뿐

꽃그늘 사원 한참 멀다

천수만

내 안이 붉어요
적막이 여무는 겨울
누추한 발자국은 찍힐 새도 없이 금세 떠나요
새들은 파쇄된 구름처럼 흩날리죠
한마디 주술
명쾌한 문장
단번의 활공이 문제예요
군더더기를 몰고 온 바람이 과속방지턱을 넘어요
고단한 편대는
물고 오는 것마다 야위는 심장이에요
서역으로 가는 수도승의 맨발이거나
누 떼의 젖은 눈썹처럼
떠도는 것들은 어지러운 환란이죠
그토록 덜컹거리며
바람의 냉소를 견디며
전신주처럼 오래 생각을 머금어요 그새
지방층이 얼마나 두터워졌는지
껴입은 겨울옷 속에 안테나를 심죠
눈발은 부득부득 굵어진다는 소식인데
내 안은 점점 붉어 목젖에/이 부풀어요

절망은 꼬리가 길어

언젠간 잡히고 말 것

허기로 들어 올린 날개 부쩍 솟았으니

새들의 영혼 한 뼘 훔치고 말리라

알곡 같은 확신을 들판에 널어놓고

점묘화법으로 허공에 수천, 수만의 생각을 흩어요

어쩌면,

저녁은 막다른

몰골법 구근(球根)이에요

낙과(落果)들

연보도 없이
한 생이 저문다

그러쥐었던 손목이
악력을 놓을 때

하필 지구 한 모퉁이에 와서

연소시킬 아무것도 없다는 듯
차츰 쪼그라지는

백색왜성들

제3부

뒤꼍

뒤꼍에서 약탕관에 모종의 주술을 끓이던 엄마, 누가 볼 세라 조그맣게 몸 말고 후후 숯불 피우던 엄마, 눈으로만 달라붙는 재티 꺼내려고 자꾸 눈시울 훔치던 엄마, 단숨에 백사 한 마리 들이켜고 냇가로 달음질치던 엄마, 단호하게, 프레드니솔론 한 움큼 물속에 집어던진 엄마, 그 길로 아랫 목에 똬리 튼 엄마,

무덤 뒤편으로 휘리릭, 뱀 한 마리 지나갔다 저놈이 여 태 엄마의 뼛골 속에 똬리 틀고 살아 있다니! 그러고 보니 내 콧속 점막에도 그놈의 냄새가 아직껏 살고 있다 기억의 저편 응달진,

필방에 들다

세필(細筆) 붓 다발 보았다

살았던 흔적 이것뿐이라고
살 한 점 없이 잘 간추려 널어놓은 고라니 털
조팝꽃 흐드러진 밭둑에 필방을 차렸다

삶일까,
알 수 없는 포식자의 송곳니를 생각한다

살육의 순간
외마디 울음 피 튀길 때
화들짝 종료되었을 절명의 그때
캄캄하게 닫혔을
암갈색 고라니 눈망울을 생각한다

이윽고 한 마리 삶이
포만감으로 번들거리는 눈빛 거두어 떠난 뒤
햇볕이 발라 먹고 남은 살점을
필경 저 묵정밭이 야금야금 발라 먹었을 거라

제 초식성 습성을 바쳐 고라니는
부지런히 밭 한 떼기 경작했을 거라
망초대경(經), 쑥부쟁이경(經), 토끼풀경(經),
봄내 쓴 경전 푸르게 펼쳐 놓은 거라

붓놀림 멈추고 잠시
밭둑에 걸쳐 놓은 모필을 보았다

한 생애가 뭉텅 뽑혀 필생의 붓이 되기도 하는 거라

밤의 메뉴

이 밤을 따면 무엇이 흘러넘칠까

포크와 나이프를 정돈하고
검은 행커치프를 펼치면 의문은
혓바닥을 날름대며 미각을 탐하지

하지만 뚜껑을 따지 않을래

통째로 울림통이 되는 밤의 허리를 안아 주기에 벅차
너무 많이 퍼낸 눈물샘에 인공눈물이 필요해
뚜껑을 따면
폭발한 의문이 어디론가 튕겨 나갈 것 같아
밤의 속살은 푸딩처럼 따르기 힘들지도 몰라
거죽에 흐르는 별빛 어루만지며
곤충처럼 식탁 위를 기어 다니지

감각은 밤을 위한 잠옷
하루치의 보호색을 입으면
오늘의 메인 요리가 궁금한데

초인종이 길게 두 번 울어

나는 엎지르기 쉬운 하루를 닫아걸고

푹 절인 시간을 소스로 얹은 얼굴로 문을 여닫지

밤이 잦혀질까 봐

깊고 어두운 식감이 휘발될까 봐 재빨리

목숨꽃

인터넷서점에서 6,300원,
아예 10% 할인 판매로 시작하더니
3년 만에 5,600원이 되었다고?

헐값이 되어 가는 내 시집
옥션에서는 5,530원에도 판다고?
전력투구했던 내 생의 시세가 그렇다고?

내가 우긴 21그램의 표면장력은
풀잎 위 이슬방울처럼 아슬아슬하다고?

덩달아 빠져나가는 내 영혼
야위는 만큼 값 떨어지면 누구든
파 한 단 사듯 가볍게 뽑아 들 거라고?

그래도 남는 재고는
바겐세일이나 덤핑으로 넘긴다고?

재고는 없어
덤핑도 없어

가시덤불에서 겨우 피운
목숨꽃이야

누가 내 목을 비틀어 패대기치는 거지?

초본체(草本體)로 이울다

외로움의 본때를 보았지 이 여름,
박과의 한해살이풀
오이(黃瓜)나 참외(瓜) 등속이
외로울 고(孤) 안에 버티고 있지
melon, water-melon처럼 동서가 한통속인
외-로움의 밑둥들 땡볕 속에서 쑥쑥 자라지
마디 하나에 꽃 하나, 그 꽃 이울도록
땅이나 허공을 죽어라 기다
겨드랑이 헛헛해 덩굴손으로 기어코 붙잡지
홀로 구름을 뜯어 단물 속 태반이 되는
외-로움의 완결판 식물도감을 읽으며
함부로 외로움과 내통했던 날들 짚어 구름에 얹어 보네
가뭄에 고개 외로 꼬던 오이밭 단비에 젖어
새 경작지를 허공으로 허공으로 넓히면
그 미답의 경작지 한편에서 나는
암수 한 그루의 노란 통꽃으로 피는데
단내 낳으려 덩굴손 뻗지만 닿지 않는
지척의 네게로 노랗게 져 내리지
초본체 외로움으로 본격
이우는 것이지

감전

궁평항
왁자한 저녁

펄펄 뛰는 새우는
스티로폼 박스가 관인 줄 알까

바다가 입안 가득 벌겋게 피 흘리는데

제 몸 구부려
새우가 묻는다

한 주검이 다른 주검을 간섭할 수 있는가

화들짝!

스티로폼 관짝에
플러그를 꽂은 듯

부득이

칠흑은 누군가 처바른 검정
누군가 검정을 허공 벽에 맥질해 놓고 붙인 이름

몇 억 광년
어둠의 두께에 짓눌려 끌려온 별빛이
막다른 골목에 고여 서성인다

생나무 껍질에 생채기를 내고
끌려온 진액 그러모아 생칠을 만든다지

밤의 안감에 칠을 먹이면 첩첩 어둠살 깊어
막막해서 누구든 길 찾아내고 만다는 거
옻닭 먹어 보고 알았다
닭이 오장을 버르집으며 돌아다니다가
눈두덩이며 사타구니에 좁쌀알 게워 놓았다

닭도 옻칠 뒤집어쓰고
캄캄해서 길 찾아 쏘다닌 거라
제 것인 독(毒)으로 남의 독소 건드려 열꽃 터뜨린 거라

칠흑 속에선
칠통을 깨부숴야 거둘 수 있는 검정
나는
검정을 치대고 치대 찰진 밤을 빚는다

그 속에 구멍 하나 뚫어 놓으면
부득이
끌려오려나? 먼 그대

미각(微刻)

쌀 한 톨에
반야심경을 새겼다는 건
쌀알에 들어 한 시절 침식을 잊고 뒹굴었다는 것

그 내부에 구멍 내고 들어앉아
쌀벌레처럼 쌀이 들이킨 물과 공기와 햇빛을 양껏 마셨
다는 것

쌀 속에 온몸 감추고
진신사리 하나 불쑥 내놓듯
어느 날 그*가 쌀 한 톨 세상에 내놓았을 때
그건 쌀알이 아니라 가없는 허공이었다
글자들이 쌀벌레처럼 낱낱이 기어 나와 꽉 차는 허공

미음(微音)을 보고
미시(微視)를 듣고
먼지의 먼지가 된 것이다

티끌 속에 든 굴신의 세월
쌀이 아닌 자신을 깎아 깨친

색불이공 공불이색

나는 좀체 누구의 내부에 든 적 없어
한 글자도 새겨 남기지 못하는 거라

쌀만 축내는 내 입속을
맴도는 심경(心經)이여

●김대환: 1933-2004. 세계적 타악기 연주가이며 세서미각(細書微
刻)의 명인. 쌀 한 톨에 『반야심경』 283자(이름 포함)를 새겨 1990년
기네스북에 등재됨.

슬픔을 벽에 건다

마른 꽃 한 다발을 산다
슬픔 한 컷 박제되어 있다

꽃잎 갈피에 상감된 그대 그림자
마른기침으로 시들고 있다

숨 죽어 모가지째 떨어진 꽃잎
그대 그림자 끌어안고 뒹군다

그대 이제 바스러지는 한 다발 마른 꽃이다

오래된 필름처럼 삭아 가는 그대
내가 산 건 슬픔 한 다발이다

마른 꽃 한 다발을 벽에 건다
바랜 액자 하나 거꾸로 걸린다

벽이 배경인 무뚝뚝한 표정의 밑그림일 뿐
꽃은 더 이상 꿈꾸지 않는다

안개꽃 모호한 감정으로 덧칠된
그대에게 나도 적막한 한낱 정물이리라

마른 꽃 한 다발 벽에 거는 것은
슬픔을 벽에 거는 것이다

꽃폼 잡다

똥폼, 개폼 해싸두 꽃폼이 대센 겨 너나없이 꽃폼 잡는
세상, 꽃인 척 생생한 척 그저 그렇구 그런 인물두 절집 가
꾸듯 공들여 단청하구 나믄 양귀비두 울구 간다누만 나라
구 예외일라구? 만화방창 봄날 지나 안적 떨어져 누운 꽃
잎은 아니지만서두 누가 꽃으루 쳐주기나 한뎌? 기초랍시
구 발러 쌓구 세월에 먹힌 티 덕지덕지 감추구 나믄 입술에
복사빛 방점 찍는 거 빼먹음 안 되는 겨 헌데 어째? 자벌레
를 꿈틀 눈썹에 걸쳐 놔두, 복사 꽃잎 입술에 척 얹어 봐두
그건 다 위장술인 걸, 아는 사람은 금세 알아채는 게 문제,
그래두 혹시 아남? 쓸쓸한 거기 꽃샘 깊이 꿀 흐르는 땅 있
을지 파르르 적나라한 미답의 구역 있을지 꽃폼 잡는 덴 다
그만한 이유 있단 얘기 은폐는 미덕이지만서두 혹 들키구
싶어 안달 난 거 아닌지 몰러 그래서 척 꽃폼 잡아 보는 겨!

나른한 저녁, 그녀의 입담 사이 명자꽃 진다

비색에 들다

천이백 년, 석가탑이 여며 둔 무구정광대다라니 아직 말
짱하다는데

천 년 넘어 유전하다니

거돈사지에 가니 그랬다 느티는 천 년을 살아 이미 귀 밝
은 귀신이고 삼층석탑에선 풍탁(風鐸)의 맑은 안부가 귓전을
때린다 좌대엔 앉는 것마다 다 부처라 오늘은 바람경 설하
는 눈부처를 모시고 있다

왁자지껄 바람누각에 오르는 신발들 들며 나며 발자국 꾹꾹
눌러 적막을 상감하는데

부론이 껴묻은 무구정광대다라니 한 질 펼쳐 놓고 겨울 폐
사지 비색(翡色)을 둘렀다 비색(秘色), 혹은 비색(非色)인지도
모를,

하늘도 호호탕탕 감청빛 두루마리다

하안거

보적사 대웅전 앞 백련이 발우를 펴들었는데요

연밥 위에 앉은 깃동잠자리 밥도 안 먹고 생각만 궁굴리고 있었는데요

연밥은 한창 뜸 드는 중이었는데요
깃동잠자리, 생각의 뜸 들이는지 아까부터 꼼짝 않고 묵언에 들었는데요

햇빛은 잘잘 끓어
연밥도 제 머릿속 골똘히 들여다보다가 아차, 까맣게 생각이 타는 줄도 몰랐는데요

밥그릇엔 숟가락 꽂을 기미도 없이 저 잠자리
오래오래 밥에 대한 명상만으로 단전이 뜨거워지겠는데요
그래서 배 더 붉고 깃동은 한층 선연해지겠는데요

잠시 자리를 털고 날아올라 탑돌이 두어 바퀴 포행하더니
겹눈 또록또록 가행정진에 들었는데요

비비추는 보라, 보라, 손뼉을 치고 포대화상 뱃구레는 한
층 빵빵해지겠는데요

그 한여름
성성적적

마음이 부셨는데요

허공의 방 한 칸

자벌레 한 마리 투명실 끝에 매달려 있다
땅에 닿을 듯 말 듯 실 끝에서 곡예를 한다

온몸으로 재던 우주와의 거리
문득 아득했을까
바람을 꿈꾸었다가 새를 꿈꾸었다가
끊임없이 날개를 꿈꾸던 자벌레
헛발을 짚은 것이다
그제야 사뿐 날아 본 것

누옥 한 채 없이
비계(飛階)를 떠돌던 사내가 있다
발 디딘 자리가 늘 허방이었던 사내
아늑한 방 한 칸을 위해
굴신으로 허공을 재고 있었다

아뜩한 찰나
주르륵 자벌레처럼 미끄러져 내려와
자나방이 된 사내
공중 부양의 황홀한 제의를 치르면서

벗어 놓은 제 육신 내려다보곤
혀를 끌끌 찰 것 같은 사내

발 디딜 곳
버리고 나서야 비로소
허공 깊이 방 한 칸 마련했다

미혹, 혹은

마흔에 풀어야 한다는 의혹을 아직도

종양처럼 품고 다녀요

이 혹은 악성이죠

도려내도 자꾸만 자라서

세포에서 세포로 거처를 옮기며 살림을 차려요

꾸욱 짜 버리고 싶은데

슬금슬금 덩치를 키워 온

딱딱한 의혹의 각질층

부딪쳐 살아 냈는데도 모르는 것들

뚜렷한 정답도 오답도 없는 난제들

동동거리는 폐곡선 위에

무르춤 서 있어요

얼음 박힌 아이들은

베란다에서 내 흉금을 밤새도록 켜요

잠은 졸아들고

미간이 좁아지죠

뿌옇게 흐려 뭉개진 길 위에서

이슥한 밤

술잔 기울이면

이크, 취기 오른 이놈의 혹은

또 얼마나 비대해지는지
목울대를 치받더니
눈앞을 가려 버려요
자꾸 커지기만 하는 게 저도 민망한 거죠

미로에 서면 미혹도 때론 매혹이죠

제4부

진눈깨비 사랑

망설이다가 당신을 들어내네
입속에 갇혀 있지만 가슴까지 뿌리내린 당신은
팽나무처럼 잎을 피우고 가지를 늘였네
휘파람새 날아와 실핏줄을 그었네
갈라진 틈에 맺힌 아픈 열매,
쓰디쓴 울혈이었네

당신을 들어내면서 가슴도 함께 도려내네
휘파람새 떠난 가지들 가녀린 떨림 먹먹해
빈 구멍에 떠도는 적막을 이제 베 먹지 못하네
찔끔, 고이기도 하는 당신의 발뒤축 어쩌지 못하네
입속에 군침으로 사는 당신을 삼키지도 못하지

첫사랑을 뽑아내네
해진 가슴으로 온종일 진눈깨비 들이치네 저놈의,
진눈깨비 같은 당신

꽃을 치다

일품이다
친다는 말

염소처럼 풀밭에 놓아먹인
거침없는 일필(一筆),

흰 눈 여백 위에
신들린 붓놀림으로 누가 납매(臘梅)를 치는가

어둠은 걸쭉해지도록 먹을 갈고
나무둥치는 끈질기게 물 길어
바람의 문장 받아 적는다

농담(濃淡)으로 스미는 파랑 너머
경면주사 한 움큼 싸 들고 낙관 뜨러 오는
까치놀

지금 풍경은
얽히고설킨 구도의 정점에서 일필
농염한 향기로 터진다

벼르고 별러 눈밭 같은
여백을 마련했으니 거기,
초경처럼 선연한 꽃잎 추억을 치면

내가 먹여 키운 꼬랑지 긴 짐승은
그예나 순해져서

나, 극도로 내밀한 한 묶음 화첩이 되어서

오독

복숭아나무의 흉금을 훔쳐보았지

주섬주섬 수피 더듬어 혈맥과 내재율을 엿보았지

칼 쓰듯 구멍 두르고 민박집 데크에 갇힌 것이

흡사 나일 것만 같은

비명처럼 터진 꽃잎, 결박의 날 벗어나려다 혀 깨문 옹

이가 보였어

척추를 접질리고도 아랫도리 제법 실하다 싶은데

문득 소나기 후두기는 소리, 설핏 잠들었던가

무릉에 들었던 거야 꽃잎 위에 누워 있었어

구름도 분홍, 바람도 분홍

분홍 꽃가루 신은 나비 생각의 봉오리에 내려앉았지

내 피톨 겹겹 복사 꽃물 들어 분홍으로 흥건했어 꿈결인

듯 찰나가

무릉을 집 안으로 들여놓은

차마 베어 내지 못해 보듬어 품은 주인의 마음이 환했어

내 방광의 괄약근 느슨해지면서 질펀히 오독을 쏟아 냈지

베어 내지 못한 마음이 무릉이라면 나 한철
복사꽃 염문에 들어도 좋겠네

경첩과 경칩 사이

경칩에 바람이 눈을 뜨다, 를
경첩에 바람이 눈을 뜨다, 로
잘못 읽어 낸 그 무렵
경첩에 정말 바람이 눈뜨는 걸 보았다
먹감나무 문갑 허리춤에서 잠자던 나비가
삐끗 바람에 날개를 접질렸다
검은 동면에서 깨어난 나비는
먹감나무의 살점을 물고 늘어졌다
선친의 유품이 오랜 칩거 털고
유폐의 날숨 몰아쉬었다
먹먹한 시간의 좀벌레들 쏟아졌다
나비는 파문을 부채질하고
바람은 가속이 붙어
순식간 창 너머 목련의 부리를 공략했다
이제 막 부화를 끝낸
목련은 한창 지저귈 모양, 부리 오므려
바람 다발 한껏 내뱉을 자세다
목련이 날개 얻는 동안
바람 소리 들어박힌 내 날개도
접질리는 밤 있을 것

젖혀진 날개를 떨며 먹먹한 속내
꺼내 말리고 싶은 날 있을 것이다
아슬아슬 매달린 마음의 경첩에
바람이 눈을 뜨면 나도
누군가의 부리를 깨울 수 있을까

봄이 눈 질끈 감고 돌아눕는 경칩이다

축축한 악공

고비에서 쌍봉낙타는
젖 물리기를 마다하던 어미 낙타는

마두금 연주를 듣자 주르륵 눈물을 흘린다

낙타의 눈으로 걸어 들어간 악공이
무뎌진 심장에 꿴 실 한끝을 끌고 나와 켠 것

먼 풀밭으로 걸어간 낙타 어미가 젖이 돌아
살 오른 새끼와 나란히 돌아올 때

초원의 별처럼 그렁그렁 물기를 머금은 나는
등 떠밀어 보내려던 아이의 눈을 찬찬히 들여다본다

음악은 마른 곳 적시는 힘이 있어
무언가를 건드리려고 날아온 엽서처럼
비명을 꺼내 읽는 누선을 퉁긴다

숨겨 둔 걸 꺼내 읽기에 좋은 밤
심금을 늘인 나를 바람 부는 초원에 세워 둔다

나를 켜는 악공은 고비에서의 그 낙타다

어긋나다

달은
맨홀처럼 떠요

덤을 핑계로
壽衣를 짓는다는 게 囚衣를 짓죠
손톱 밑 찌르며 꿰매는 囚衣는
壽衣와 다를 바 없는데
한사코 나는 囚衣를 입으려 하죠

남들은 移葬을 하는데
나는 異裝을 해요
엉거주춤 색다른 옷을 입는 일은
낯설긴 해도 설레는 일
집터 옮기거나 옷 바꿔 입는 일은
절묘한 데서 일치하기도 어긋나기도 하죠

神의 감시가 느슨하대서
객기처럼
노란 달을 셔벗처럼 날름 삼키곤
양날의 단검 휘두른 윤삼월

서른 날 서른 밤이

꼴딱 저물고

저문 봄을 울던 산꿩은 목이 다 쉬었죠

감각의 에필로그

바다는 문득, 팽세다 지레 깊다

상어에게 반 토막을 뚝 떼어 먹힌 방어의
부릅뜬 눈 들여다보다 어선 바닥 휩쓰는 통각의 한끝 말아
쥐고 궁리에 든다

통각을 넘어선 어떤 감각이 방어의 입질 부추겼는지
절반뿐인 생을 낚은 뱃사내의 벙벙한 어안과
덥석 베물 때 치솟았을 상어의 쾌감을 품고 오래 곱씹
는다

먹고 먹힐 때 묘하게 어긋났을 저며진 감각의 세목들

동시에 파생된 감각의 층위는 얼마나 먼가 바다는
등 푸른 너울성 혈맥으로 곤곤히 짚어 본다

감각이 서로 얼크러지면 감정이 되나

남은 살점으로 추는 마지막 슬픈 춤마저 탕으로 끓는 저녁
왈칵 피는 내 미뢰의 꽃봉오리

바다는 온갖 감각의 편차를 싸잡아 푹 절인 생각들의 무
덤이다
　　나는 출렁이는 등심선으로 빨려 들어가 사각사각 망각을
오려 낸다

　　막다른 감각의 솔기에 붕대처럼
　　서쪽의 난감한 소름을 끊어다 두루는 바다

　　바다는 다시, 깊고 깊은 팡세다

어떤 춘화(春畵)

껴안는다는 것은
가던 길 슬쩍 휘는 것
서로를 관통하는 것
몸끼리 마음끼리 없는 듯 스미는 것이다

귀신사(歸信寺) 뜰 앞
샴쌍둥이처럼 엉켜 있는 연리지

고요한 밤이었겠지
비로자나불 잠깐 졸음에 빠진 사이
맞배지붕이 달빛에 흠뻑 취한 사이
입술이 입술을
가슴이 가슴을 탐하던
아찔한 순간
삼투압을 한껏 높였던 것

대적광전 뒤 돌사자
저도 연리(連理)가 되겠다고
남근석 요철(凹凸)로 짊어진 채 끙끙거리고 있는

귀신사에는

귀신도 모르게 서로 스밀 것 같은

적요

허공을 조였다 놓는 야릇한 화첩이 있다

매화꽃 바이러스

섬진강이 뒤척인다
꿈틀, 돌아눕는다

겨울잠 터는 지느러미에 물비늘 뛴다
비늘 꽂힌 자리마다 번져 나는 반점들

길목마다 헐었어요 산자락마다 열꽃 피네요 저 하얀 배
냇병 아무도 다스릴 수 없다네요 어지럼증에 멀미까지 겹
쳐 뭉글뭉글 밥알 게워 내고 있으니 명의라 한들 속수무책!
그냥 지켜보라네요 열꽃 옮겨 붙을까 염려 붙들어 매라네
요 얼굴에 반점 몇 잎 핀다 해도 겨우내 웅크린 응어리 터
진 것, 누대에 걸쳐 도지는 가족력이라네요 몸 구석구석
꽃잎 백신 탁본하고 나면 올 한 해 가슴앓이병 없이 거뜬
할 거라네요

봄의 처방전엔 매화꽃 암향(暗香) 질펀히 찍혀 있다

다압마을 지나다 얻어 온
풍토병,

앓을 만했다

준엄한 시계

꼬끼요오!

이 무정란의 시대
수탉이라니, 우렁우렁
컬컬한 울음 건재하다니

난데없는 저 울음의 맥 짚어 본다
수컷들, 용도 폐기되어
쓰레기통에 던져졌지만
모가지 비틀려
새벽 알린 죄 토설했지만
몸속 어딘가 시계불알 탱탱 품고
때를 기다린 건지도 몰라

몽고반점이 몽고반점을 낳듯
시계불알은 시계불알을 낳고
여명에, 수탉 목울대 닿는 톱니 있어
괘종시계처럼 도심의 시침(時針)을
때린 건지도 몰라

수탉이 돌리는 시곗바늘의 예각 사이
게슴츠레 눈뜨는 새벽
동그마니 일어나 앉아
풀렸던 마음의 태엽 감아 보는 것인데

구중심처에 걸린 괘종시계 나도 한 번
운판처럼 때려 보는 것인데
터엉,
새 한 마리 날려 보내는 것인데

무늬에 기대다

드넓은 갯벌의 물결무늬

물주름 밀며 먼 섬 휘돌아 온 파도

감춰 둔 나이테

횟집 남자 이마에 출렁이는 잔물결

칼날 번쩍이는 순간

다금바리 등에서 꿈틀거리다

도마 위에 벗어 놓고 저며진다

바다에 기대려고 온 여자

몸속에 키운 파도를 어깨까지 끌어올려 풀어놓는

저, 무한대의 사방연속

무늬는 무늬끼리 슬픈

살점은 살점끼리

감자 방정식

검정 비닐 속 방치된 감자에 싹이 돋았다

생애 최초 욕망인 젖니 같은
더듬거리며 세상 속으로 내디딘 여리지만 결연한 발가락
같은

비상하려는 날갯짓 무한 팽팽해 세워 보는 등식

불가해한 힘 x, 배가되는 힘은 2x, 세상에 들이민 배냇
짓 +5쯤? 쪼그라진 감자의 몸뚱이를 −3이라 하면

$$2x+5=-3$$

이항을 하는데
지난여름 뙤약볕 한 짐 소나기 몇 줄금 따라오고
소쩍새 울음 한 됫박, 푸른 바람 몇 필
고된 노역의 날들 끌려와 옴팡진 눈 근처에 오종종 몰려
있다

쪼그라뜨리며 틔운 촉 저리 당당한데

감자 껍질에 주름골 한층 깊다

세상 모든 어미들의
슬픈 방정식

고래바다라는 바다에서는

경해[*]에 선 사람들은 기억의 포경선을 가슴에 띄우지 북태평양 어디쯤 순장한 꿈을 좇듯 그때를 그리워하며 암각을 쪼네 바위 속 귀신고래는 더 이상 신출하지도 귀몰하지도 않아 암벽 수틀 안에 극세사의 실금으로 갇혀 있네 저녁의 발치가 몰고 온 바다는 암각을 물어뜯어 그를 깨우려 하지 바다는 등 푸른 빛 귀신고래 울음을 아직 심층에 간직하고 있다네 오오츠크해에서 발원한 제 종족의 기류가 귀신처럼 머리 풀고 당도하면 바람에게 업혀 암각을 빠져나간 고래는 심해에서 퍼 올린 그 울음의 본류를 파도에 얹어 본다네 그런 날엔 언뜻언뜻 고래의 몸통이 해변까지 떠밀려 온다네 격랑은 그들 출몰의 징후, 시푸른 등짝의 작살 자국 만지작거리며 돌아오지 않는 추억 꺼내 보며, 바다는 고래고래 소리 지르고 있지

●경해(鯨海): 고래바다. 울산 장생포 앞 바다, 넓게는 동해를 일컬음.

우물

전력을 다해 고이는 것들은 종종 저를 파먹지
제 몸의 지수화풍을
눈 내리깐 침묵을

만년설 지나 빙하 지나 늪골을 지층 어디에 두었더라?
자꾸 저 아래 깊은 데서 아, 하면 되받아 아~ 하는데

오늘은 비가 내렸지 나는 망한 나라의 오랑캐처럼 후줄
근해져서

대나무 피리 소리에 어깨 기울지 전력을 다해 기울면
소용돌이로 고이는 소리들
소리의 맨홀들

자정엔 창을 불어 *끄고*
나를 돌려 *끄지*
맨홀에 뜨는 얼굴이 비상계단처럼 움푹하고 바닥은 끝도
모르게 음험해

내 안의 지수화풍을 다 바쳐 바닥을 차고 오르면 우두커니

식탁 위에 핀 그림자
　제 가난한 살집을 뜯어먹지
　실밥처럼 뜯어먹는 한밤의 식사

　파먹고 남은 침묵은 깊은 동굴로 나를 끌어내리지
　밤은 무성한데
　교차로를 돌아온 불빛에 들켜 막무가내 뛰어들고 마는
깊은 소(沼)처럼

　전력을 다해 고이는 것들은 깊이를 모르지 비 그친 뒤
란이
　빨아 널은
　요요(蓼蓼)한 달빛

생의 미각과 맴도는 심경에서 건져 올린
한 편의 언어

장철환(문학평론가)

1. 「서시」

한 편의 시가 시집 전체를 대변해 줄 수 있을까, 아니 시
인의 생을 온전히 담아낼 수 있을까? 그러하다면, 그건 하
나의 시에 자신의 생을 온전히 담으려는 시인의 열정과 의
지가 존재하기 때문이다. 윤동주의 「서시」가 그렇다. 「서시」
는 『하늘과 바람과 별과 시』의 출발점이며, 동시에 하늘과
바람과 별을 주유(周遊)한 시가 도달한 귀결점이기도 하다.
그러니 언어의 간극과 시작(詩作)의 고난을 뚫고 나온 한 편
의 시가, 정수로서 고갱이로서 시집의 앞자리에 놓이는 연
유를 납득할 만하다.

「서시」가 놓인 자리에 이정원의 두 번째 시집 『꽃의 복화
술』의 「꽃의 겨를」이 놓이는 것은 마땅하다. 여기에는 꽃과
별과 달이 제 고유한 성정(性情)에 따라 운행하되, 그 비의

(秘義)를 포착하려는 자가 필연적으로 맞닥뜨리게 되는 비의
(非意)의 세계가 아프게 놓여 있다. 그의 시선은 사물의 미세
한 결(texture)을 향하지만, 그의 마음은 생의 통점 주위를
맴돌 뿐이다. 이것이 그대로 시집 전체의 통점(通點)이자 생
의 통점(痛點)을 이룬다. 그러니 지체할 이유가 무엇이겠는
가. 당장 「꽃의 겨를」로 들어가면 될 일을.

모란 환한데

강심(江心)으로 어두워져 갈 때 번졌을 비명처럼 꽃잎은
대책 없이 붉은데

강바닥까지 내려갔어도 별을 줍지 못해
생의 닻줄 풀어 강물 깊숙이 정박했다는 그를
어두워 들여다볼 수 없다

별은 주울 수 있는 게 아니라고 목어가 다그르르 일렀다

명부전 액자 속 마흔아홉 날째 나른히 졸고만 있는
별인 줄 알고 잠 한 줌 길으려던 그의 죄
얼마나 깊은지 알 길이 없고

강에서 발뒤꿈치를 물고 따라왔을
물고기 한 마리 풍경 안에 갇혀 쟁쟁 울었다

붉은빛 아직 선연한 채 후드득 지는 모란 너머
서쪽으로 서쪽으로 불려 가는 낮달의

맨발이 아프다

　　　　　　　　　　　　　　—「꽃의 겨를」 전문

"꽃의 겨를"에 농축된 시간은 깊다. 이는 무엇보다도 이
시가 아주 짧은 순간에 죽음의 세계를 다층적으로 펼쳐 보
이기 때문이다. 우선 별의 침잠(沈潛). 강바닥까지 가라앉은
별은 과거의 죽음의 시간을 '착란'처럼 영사한다. 그리고 꽃
의 조락(凋落). "붉은빛 아직 선연한 채 후드득 지는" 꽃은 현
재의 죽음의 시간을 "비명처럼" 노성한다. 여기에 낮달의
영락(零落)이 겹친다. "서쪽으로 서쪽으로 불려 가는 낮달"
은 미래의 죽음의 시간을 '누란'처럼 예기(豫期)하고 있다.
이 모든 죽음의 시간의 중심부에 "생의 닻줄 풀어 강물 깊
숙이 정박했다는 그"의 생이 놓여 있다. 이것은 침전(沈澱)
하는 생의 마지막 귀착지가 죽음에의 정박(碇泊)임을 명시적
으로 보여 준다. 그러나 이것으로 끝인 것은 아니다. 문제
는 "별인 줄 알고 잠 한 줌 길으려던 그의 죄"를 가늠하는 일
이고, 이를 통해 생의 통점이 "맨발"에 놓이는 이유와 "구
름 발자국이/ 패인 상처를 다독"(「시인의 말」)이는 까닭을 헤
아리는 데 있다.

2. 별의 침잠(沈潛)

　무릇, 별의 처소는 천상이다. 침잠한 별은 침잠하기 전의 상황을 전제한다는 말이다. 가늠할 수조차 없는 무한의 거리와 그 거리를 뚫고 도달한 별빛은 지상의 존재에게는 숭고한 이상으로서의 가치를 지닌다. 이는 별이 욕망의 대상으로서 생의 궁극적 도달점이라는 상징적 의미를 지니게 되는 이유를 설명한다. 이정원의 첫 번째 시집『내 영혼 21 그램』은 별과 같은 상징적 존재에 대한 지향을 강하게 발산해 왔다. 심지어 지상에 추락한 것일지라도, 별은 재생과 부활의 역능을 예비하고 있다.「천상열차분야지도」는 이를 잘 보여 준다.

　　天上에도 은하철도가 있어
　　무한궤도를 列車가 달리고 있나 봐
　　빅뱅처럼 아득해 기적 소리 들을 순 없지만
　　레일을 스칠 때마다 별빛이 태어난다는 걸
　　검은 밤들은 알고 있지
　　밤에서 밤으로 전해지는 우주의 비밀 우편함 속엔
　　태어난 별들의 敍事가 우글거린다네
　　방금 내 머리맡 기웃거린 별똥 하나는
　　은하驛 떠나 아폴론 만나러 가는 파에톤일지도 몰라
　　빛의 속도로 가고 또 가다가
　　긴 꼬리 거두고 에라다누스 江에 떨어져 죽기도 하지만

空腹이 지나면 또다시

섣부른 모험심에 들떠 열차에 오르겠지

궤도 없는 궤도는

시작도 끝도, 과거도 미래도 없네

밤은 광속으로 우편함 뚜껑을 열어

찬란한 神들의 이야기를 실시간으로 전송한다네

간혹 열차들끼리 충돌해

굉음과 함께 번개 긋기도 하지만

별들은 열차 바퀴 아래서 자꾸 태어나고

천, 상, 열, 차, 분, 야, 지, 도, 몇 장

내 주머니 속에서 낡아 가네

별들도 지상을 떠돌더니 닳고 닳아

지갑 속에 납작 엎드린 채 제 운행을 의탁하고

—「천상열차분야지도」 전문

　밤의 세계가 전하는 "우주의 비밀 우편함"은 천체 운행의
신비를 은유적으로 표현하고 있다. 밤은 별의 탄생과 운행
과 소멸이라는 우주 운행의 비의를 알고 있는 자이다. "검
은 밤들은 알고 있지"를 보라. 그런데 여기에는 "검은 밤"이
알고 있음을 아는 또 다른 주체가 가정되어 있다. "밤은 광
속으로 우편함 뚜껑을 열어/ 찬란한 神들의 이야기를 실시
간으로 전송한다네"가 의미하는 것은, 지상의 존재인 시적
주체가 우주의 비밀 편지의 최종 수신자라는 사실이다. 밤
과 별의 호명(呼名)에 응답하는 방식은 여러 가지이다. 마지

막 구절 "제 운행을 의탁하고"는 시적 주체가 별의 대리 운전자이어야 함을 고지하고 있다. 이것은 우주적 비의가 지상의 존재에게 내면화되지 못한 채 소멸되어서는 안 된다는 의식을 표현한다.

이러한 의식이 우주의 비의를 알고자 하는 주체의 욕망에서 직접 배태되어 나온다는 것은 재론의 여지가 없다. "얼마나바람/ 에제몸말려야소리의만다라허공에/ 그릴수있는지"(「허공 만다라」)에 함축된 '우주의 지도'를 그리려는 욕망은 이와 내통한다. 이러한 욕망의 기저에 우주적 공간으로의 상승 욕구가 내재해 있다는 것 역시 분명해 보인다. 「구름의 소포」는 이를 명시적으로 보여 주는데, "치사량의 어둠을 마음껏 들이켰다 두 귀가 명경처럼 맑아 갔다 공명통 하나 소리 없이 부풀어 수슬수슬 날개 돋는 소리, 내 몸이 날개를 달고 떠오르기 시작했다"와 같은 구절이 그러하다. 여기에서 어둠의 무명(無明)을 깨치고 정명(正明)의 깨달음을 얻고자 하는 불교적 사유의 발원을 보는 것은 그리 어려운 일이 아니다. 그러나 여기에는 "치사량의 어둠"에 결속된 비애의 생이 치명적인 임계점에 도달하고 있음 또한 놓쳐서는 안 된다.

이렇듯 이정원의 제1시집은 어둠에 갇힌 무명의 세계 속에서 불교적 사유를 통해 우주의 비의를 깨닫고자 하는 욕망 위에서 구축되고 있다. 그의 첫 시집은 "불모의 '현실'과 그것을 견디고 치유하려는 '욕망(꿈)' 사이의 긴장에서 발원되고 있는 신생(新生)의 기록"[1]이라 할 수 있다. 두 번째 시집 『꽃의 복화술』도 이러한 욕망의 연장선상에 있다. 그러나 그것이 드러나는 방식은 사뭇 다르다. 「구름의 소포」에 예시된 '우화이등선(羽化而登仙)'과 같은 초월의 방식이 뒤로 물러나고, "치사량의 어둠" 속에서의 "유목의 보행법"이 전경화되고 있는 것이다. 이를 테면 「새의 게르」가 그러하다.

새들의 처소에선 유목의 냄새가 난다 가림막 치워진 겨울이면 안다 높다란 공중의 저 건축 공법, 바람모지 몽골 초원의 게르를 닮았다

그 유목의 처소엔 별들이 쏟아져 나뒹군다는데 허공에 엉덩방아 찧는 별들 불러들이려고 가지 끝 벼랑 위에 집을 두는가

허공엔 빗장이 없으므로 별들도 무시로 들락거리는 저 누옥

둥지에 엉덩이 붙인 별들 잠 뒤척일 때 새들은 부리로 마두금을 켜 다독여 재운다 밤새 엄동의 발굽 야생마처럼 설쳐도 새벽녘이면 볼 수 있다 별들의 부화를 깃털 달고 사라지는 짧은 극명을

---

1 유성호, 「감각의 구체를 통한 '환'과 '실재'의 결속」, 이정원, 『내 영혼 21그램』, 천년의 시작, 2009, p.132.

어떤 난생(卵生)은 별과 한 종족일지도 모른다

모든 발자국에는 유전의 법칙 징 박혀 있어 저 유목의 보
행법 따라가 보면 고단한 것들의 생 점치는 점성술에 닿을
것도 같다

별과의 내통을 위해 새들은 오늘도 뼛속 텅 비우고 제 처
소를 공중에 매다는가

허공에 기대어 꿈꾸는 저 게르

—「새의 게르」 전문

새의 처소는 수직의 축, 지상과 천상의 사이에 자리한다.
새의 처소는 "별과의 내통을 위해" "허공에 기대어 꿈꾸는"
자의 공간이므로, 그것이 벼랑이나 허공과 같은 수직적 축
위에 자리하는 것은 당연한 일이다. 이런 맥락에서 "어떤
난생(卵生)은 별과 한 종족"이라는 말은 전적으로 옳다. 그
러나 태생(胎生)은 다르다. 대지에 발을 딛는 존재에게는 난
생과는 다른 차원의 "유전의 법칙 징 박혀 있"기 때문이다.
이러한 차이가 지상의 존재로 하여금 "별과의 내통"을 꿈꾸
는 방식, 곧 "유목의 보행법"을 규정하게 한다. "새들의 처
소에선 유목의 냄새가 난다"가 보여 주는 것처럼, "유목의
보행법"과 '비상의 비행법'은 "고단한 것들의 생 점치는 점

성술"에 이르러 하나의 지점에서 만난다. 양자의 유비 관계는 유목을 비상으로 견인하려는 의지에서 성립하는 것이겠으나, 그 이면에는 비상이 유목의 "고단한 것들의 생"이기도 하다는 사실을 함축하고 있다. 따라서 "새의 게르"는 수직과 수평이 만나는 지점으로 "고단한 것들의 생"이 "별과의 내통"을 꿈꾸는 허공의 장소가 된다.

그럼 "새의 게르"에서 탄생하는 것은 무엇인가? 그것은 "卵生일까, 胎生일까?"(「겨울의 幻」, 『내 영혼 21그램』) 「미각(微刻)」은 이상과 현실, 천상과 지상, 비상과 유목, 난생과 태생, 비행법과 보행법 사이의 단락과 내통을 미세하게 각인하고 있다.

쌀 한 톨에
반야심경을 새겼다는 건
쌀알에 들어 한 시절 침식을 잊고 뒹굴었다는 것

그 내부에 구멍 내고 들어앉아
쌀벌레처럼 쌀이 들이킨 물과 공기와 햇빛을 양껏 마셨
다는 것

쌀 속에 온몸 감추고
진신사리 하나 불쑥 내놓듯
어느 날 그가 쌀 한 톨 세상에 내놓았을 때
그건 쌀알이 아니라 가없는 허공이었다

글자들이 쌀벌레처럼 낱낱이 기어 나와 꽉 차는 허공

미음(微音)을 보고
미시(微視)를 듣고
먼지의 먼지가 된 것이다

티끌 속에 든 굴신의 세월
쌀이 아닌 자신을 깎아 깨친
색불이공 공불이색

나는 좀체 누구의 내부에 든 적 없어
한 글자도 새겨 남기지 못하는 거라

쌀만 축내는 내 입속을
맴도는 심경(心經)이여

—「미각(微刻)」 전문

    쌀 한 톨에 『반야심경』 283자를 새겼다는 '그'는 김대환을 가리킨다. 시의 각주에 따르면, 김대환은 세서미각(細書微刻)의 명인으로 1990년 기네스북에 등재되었다고 한다. 이 한 톨의 『반야심경』에서 시인이 응시하는 것은 "티끌 속에 든 굴신의 세월"이다. 이는 '그'가 "쌀알에 들어 한 시절 침식을 잊고 뒹굴었다는 것"을 예증한다. 즉 한 톨의 『반야심경』은 그대로 생의 미각(微刻)인 것이다. 그런데 여기에

최종적으로 담긴 것은 한 장인의 생의 이력이 아니다. 오히려 "가없는 허공" 그것도 "꽉 차는 허공"으로서의 '공(空)'이 담겨 있다. 여기서의 '허공'이 『반야심경』의 사상적 요체인 "색불이공 공불이색"이라는 공 사상을 대변하고 있음은 분명해 보인다. 이렇게 『반야심경』 한 톨은 세서미각을 통해 스스로를 '공(空)'으로 만드는 '공(工)'의 경이를 보여 준다.

이러한 경이는 '나'의 '공(工)'과 대조되어 생의 비애를 강화하는 계기가 된다. "나는 좀체 누구의 내부에 든 적 없어/한 글자도 새겨 남기지 못하는 거라"에는 '공(空)'을 체득하여 무아의 지경에 이르지 못하는 자의 깊은 탄식이 배어 있다. 이것은 시적 주체가 '생의 미각(微刻)'이 아니라 '생의 미각(味覺)'에 충실한 자였다는 사실을 보여 준다. "쌀만 축내는 내 입"이 증언하는 것은 '꽉 찬 허공'과 '텅 빈 포만' 사이의 대조이다. "별과의 내통을 위해 새들은 오늘도 뼛속 텅비우"는 것과의 차이도 이와 하나의 궤를 이루고 있다. 따라서 입속에 "맴도는 심경(心經)"은 '생의 미각(微刻)'을 미각(味覺)으로 대체하는 자의 '맴도는 심경(心境)'을 적시한다고 할 수 있다.

흥미로운 것은 '맴도는 심경(心境)'에는 시적 주체의 또 다른 열망이 맴돌고 있다는 사실이다. "한 글자도 새겨 남기지 못하는 거"에 대한 안타까움이 "한 글자"라도 "새겨 남기"는 것에 대한 열망을 반증한다면, 이는 무아(無我)의 지향점이 '비애의 생'의 문자적 혹은 시적 각인에 있음을 암시한다. 이것을 '생의 미각(美刻)'이라 칭하자. 여기서 우리는 종교적 사유를 언어로 각인하는 방식과 종교적 사유 이면에서 분출하는 언어를 각인하는 방식 두 가지를 상정할 수 있다. 전자와 후자의 차이는 큰데, '비애의 생'이 종교적으로 전유될 때와 시적으로 발화될 때의 심미적 거리가 반영되기 때문이다. 만약 이정원의 두 번째 시집이 전자에서 후자로의 점진적 전이를 노정하고 있다면, 이는 그의 언어가 생의 미각(微刻)과 미각(味覺)의 사이에서 발화하고 있음을 보여 준다. 조락(凋落)하는 꽃은 이러한 추정을 더욱 강화한다.

3. 꽃의 조락(凋落)

　　이정원의 두 번째 시집이 놓은 자리는 꽃이 놓인 자리이기도 하다. 우선, 꽃은 "고단한 것들의 생"의 상징으로서 존재한다. 생의 통점으로서 꽃은 '맴도는 심경(心境)'의 안팎을 두루두루 발화한다. 그 꽃은 "가시덤불에서 겨우 피운/ 목숨꽃"(「목숨꽃」)일 테니, 차라리 "고단한 것들의 생"의 육화(肉化)라고 하는 것이 더 옳을지도 모르겠다. 이것은 "예전보다 좀 더 과감한 상상력을 통해 자신의 내면 깊숙한 곳을 투시하고 내면의 상처를 용감하게 드러내고 있다"[2]는 사실에서 비롯하는 것처럼 보인다. 아무튼, 꽃은 시적 주체의 가장 내밀한 곳에 웅크리고 있는 죽음의 시간을 "비명처럼",

---

2 이성혁, 「죽음의 성찰과 유목의 상상」, 「시작」, 2014.봄, p.310.

"짐승처럼", "곡비처럼" 펼쳐 보이고 있다.

그리움은 외발이지 무엇엔가 기대려 하지

열흘 붉은 뒤에도 한층 소스라쳐 백일에 닿는 꽃 향낭을
풀어 딸꾹딸꾹 물 위에 풀어놓는 꽃 경면주사로 쓴 부적을
여름내 깃발로 걸어 놓는 꽃

명옥헌, 고운 짐승처럼
선홍이 우네
여름에 찢겨 산발한 곡비처럼

손톱을 물어뜯어 피가 고였지 라솔솔미 라솔솔미, 검은
등뻐꾸기 적막에 엎드려 우는 비애의 통점을 파먹었지 두드
러기의 나날, 가려워 피나도록 긁어 대다가 까무룩 숨 놓아
도 좋을 허공에 안기고 보니 시푸른 물의 맨살, 반짇고리에
감춰 둔 실타래 꺼내 불긋불긋 풀어놓으면

그늘은 우묵하지 대낮을 수납하기에 안성맞춤이지 쓰르
라미의 이력 싸잡아 들여놓으려 품을 맘껏 늘여 보는데 불현
듯 쏟아지는 저 생리혈, 그늘은 붉은 맛을 완성하지

꽃은 피일까 피가 꽃인 것처럼

배롱꽃

그리움으로 사르는 허공 외발로 걸어

헐은 곳마다 피딱지 익는

백일은 오지

오고야 말지

절정의 막고굴 저 환한 폐허로부터

　　　　　　　　　　　　—「꽃의 복화술」 전문

　명옥헌(鳴玉軒)의 백일홍. "여름에 찢겨 산발한 곡비처럼"
우는 이 선홍을 무엇으로 견딜 것인가. 배롱꽃이 그 자체
로 "비애의 통점"을 이루는 까닭은 "피가 꽃인 것처럼" 꽃
이 피의 현현이기 때문이다. 납득할 만하다. 더욱 눈여겨
볼 것은 마지막 연이다. "백일은 오지/ 오고야 말지"에 담긴
견고한 믿음은 어디에서 비롯하는가? 이러한 믿음은 "절정
의 막고굴 저 환한 폐허"에 암시된 불교적 사유에 의해 지탱
되고 있는 것인가? 첫 번째 시집의 「등신불」이 백일홍에서
"제 몸 태우며/ 不立文字로 뙤약볕을 견디는 저 목불 하나/
백일 동안 꽃그늘 펴놓고/ 산 채로 눈부신 고요"를 발견하
는 것처럼. 그러나 양자는 다르다. 「등신불」이 "꽃그늘"을
보시(普施)하며 "눈부신 고요"로 재탄생한 배롱나무에 집중
한다면, 「꽃의 복화술」은 "그리움으로 사르는 허공 외발로
걸어" 놓은 꽃에 집중하기 때문이다. 이는 "꽃그늘 사원 한
참 멀다"(「먼 사원」)의 사유와 가깝다. 이때 "백일"의 도래를
기다리는 마음은 상처의 치유에 대한 열망에서 비롯하겠지

만, 상처의 종결은 결국 꽃의 죽음을 암시한다는 것을 잊어서는 안 된다.

그러므로 만개(滿開)에서 죽음을 보는 것, 이것이 꽃의 자리를 가늠하는 시인의 독법이다. "세상 모든 꽃은 그러므로, 최후의 유서인데요"(「독법」)가 보여 주듯, 꽃 핀 자리에서 유언을 읽는 것이 꽃의 독해법인 것이다. 꽃의 독법이 "고단한 것들의 생"의 독법이 되는 이유는, 변산 적벽강의 단층에서 "무저갱에 떨어진 한 여자"의 "붉은 유서"가 낭송되는 이유와 같다(「독법」). 같은 맥락에서 "기억의 단층에서/ 기척 없이 꽃이 피었다"는 「시인의 말」이 이해될 수 있다. 그 꽃은 외상(trauma)의 꽃이며, 시인이 과거의 기억의 강박적 반복을 온몸으로 버티고 있음을 암시한다. "흡사 나일 것만 같은/ 비명처럼 터진 꽃잎, 결박의 날 벗어나려다 혀 깨문 옹이"(「오독」)가 외상의 꽃의 한 변주라면, "탈색된 꽃잎은/ 숟가락처럼 나를 병 속에 꽂아 두고/ 성마른 날들을 자꾸 피워 올리죠"(「내성(耐性)」)는 현재의 '탈색된 시간'이 과거의 '성마른 시간'에 잇닿아 있음을 보여 준다. 그러하다면, "성마른 날들"의 중심부에 똬리 틀고 있는 것은 무엇인가? "누대에 걸쳐 도지는 가족력"(「매화꽃 바이러스」)이 그것이다.

　　얼룩은 달의 뒤편에서 태어나지

　　내시경을 들이대면 감춰 둔 얼룩들 모조리 드러난다고

엄마는 달처럼 부푼 배를 붙안고 벼랑으로 갔어
얼룩을 몰래 지우려

백척간두
섣부른 한 걸음을 마다한 벼랑에게
등 떠밀려 돌아온 엄마
한 움큼 소태맛 울음을 찍어 먹었지

엄마는 얼굴을 반쯤 가리고 천정에 빌붙었는데
쥐 오줌 자국이 엄마의 유일한 호신 거울
화등잔은 밤에만 읽는 책의 보호 덮개였지

얼룩의 딸들이 자꾸 태어나고
얼룩은 끊일 듯 말 듯 이어지고
습습한 꽃처럼 아무 데서나 피고

달의 뒤편을 헤집으면
해시시, 마약처럼 웃는 얼룩의 종자들

이유도 없이 쑥쑥 자라는 게 있다면
번지는 게 있다면
그건 꺼내기 두려워 숨겨 놓은 물혹이라고
물, 같은 의혹이라고

엄마와 내가 얼룩을 수반에 꽂아 놓고 새처럼 지저귀지
　　　　　　　　—「얼룩의 계보」 전문

　지금 우리가 맞닥뜨리고 있는 것은 '얼룩의 꽃'이다. 이
꽃은 "결박의 날"과 "성마른 날"이 "비명처럼" 피워 올린 "탈
색된 꽃"의 결정판이다. 문제는 이 꽃이 "습습한 꽃처럼 아
무 데서나 피고" "이유도 없이 쑥쑥 자라는" 데에 있다. 이
는 얼룩을 수태한 자가 얼룩의 운반체로서 얼룩을 번식시키
는 모태라는 사실을 암시한다. 얼룩의 수태고지. "물혹"은
이를 보여 주는 또 다른 증거이다. 물혹이 "물, 같은 의혹"
으로 나뉘어 펼쳐질 수 있는 것은, 그것이 '물'과 '의혹'의 화
합물이기 때문이다. 여기서 전자는 물혹이 "울음주머니" 곧
"우물처럼 깊은 울음 곳간"(「허물」)임을 추정하게 한다. 후자
는 물혹이 아직 시적 주체에게 내면화되지 못했음을 암시적
으로 보여 준다. 그것은 '비애의 생'에 대한 풀리지 않는 의
심, "딱딱한 의혹의 각질층"(「미혹, 혹은」)이다.
　이렇게 「얼룩의 계보」는 "꺼내기 두려워 숨겨 놓은 물혹"
을 "수반에 꽂아 놓고" 대면하고 있는 자의 표정을 상영한
다. 이것은 "얼굴을 반쯤 가리고 천정에 빌붙"은 엄마와 지
금 막 수태를 고지한 딸과의 대면이다. 반쯤 가려진 얼굴
로 천정에 거꾸로 매달린 엄마의 모습은, 딸의 얼'굴'이 반
만 뒤집어진 엄마의 얼'룩'임을 기묘하게 투사한다. 여기서
엄마와 딸의 얼룩은 하나의 계보를 이루고 있다. "얼룩을
몰래 지우려"는 엄마의 행위는 그녀가 "얼룩의 딸들"의 일

원임을 반증한다. 그들은 모두 "마약처럼 웃는 얼룩의 종자들"인 것이다.

시 「뒤꼍」은 얼룩의 계보의 실제적 양상을 보다 구체적으로 보여 준다는 점에서 참조할 만하다. "프레드니솔론"을 대체한 "백사 한 마리", 그리고 그놈이 여전히 돌아가신 "엄마의 뼛골 속에 똬리 틀고" 있다는 것은, 죽음 이후에도 사라지지 않는 "얼룩의 계보"를 각인한다. 여기서 얼룩은 "기억의 저편 옹달진" 구석에서 나와, 딸의 후각 속 "그놈의 냄새"로 재생된다. "얼룩의 계보"는 아버지와 쥐의 관계(「이놈의 쥐!」, 「내 영혼 21그램」)와의 비교 속에서 보다 분명히 드러난다. 아버지의 일생을 괴롭힌 '쥐'가 무덤 속에서 아버지를 파먹고 무덤 위로 핀 엉겅퀴마저 뜯어먹는 상황은, '뱀'이 여전히 "엄마의 뼛골 속에 똬리 틀고" 있는 상황과 유사하다. 그러나 아버지의 '쥐'는 계보를 이루지 않는다. '쥐'는 딸의 감각 속에서 재생되지 않고 있다.

얼룩의 기원에 대한 선언은 매우 흥미롭다. 시의 도입부에서부터 "얼룩은 달의 뒤편에서 태어나지"라며 얼룩의 기원을 "달의 뒤편"으로 확정하고 있는 점. 게다가 "달의 뒤편을 헤집으면/ 해시시, 마약처럼 웃는 얼룩의 종자들"에서 보듯, 얼룩을 광기와 중독으로 연결시키고 있는 점. 이것들을 "달의 뒤편"에서 얼룩을 채굴한 자의 발언으로 본다면, 이는 '우울한 몽상'[3]의 기원을 해명하는 단서가 될지도 모르는 일이다. 습습하고 요요(蓼蓼)한 "달의 뒤편"을 헤집어 볼 일이다.

4. 낮달의 영락(零落)

달은

맨홀처럼 떠요

덤을 핑계로

壽衣를 짓는다는 게 囚衣를 짓죠

손톱 밑 찌르며 꿰매는 囚衣는

壽衣와 다를 바 없는데

한사코 나는 囚衣를 입으려 하죠

남들은 移葬을 하는데

나는 異裝을 해요

엉거주춤 색다른 옷을 입는 일은

낯설긴 해도 설레는 일

집터 옮기거나 옷 바꿔 입는 일은

절묘한 데서 일치하기도 어긋나기도 하죠

神의 감시가 느슨하대서

객기처럼

노란 달을 셔벗처럼 날름 삼키곤

---

3 "마리화나를 입에 문 하현달이 몽롱한 연기를 뿜어 대고 있네". 이정원,
「우울한 몽상」, 『내 영혼 21그램』, p.52.

양날의 단검 휘두른 윤삼월

서른 날 서른 밤이
꼴딱 저물고
저문 봄을 울던 산꿩은 목이 다 쉬었죠
　　　　　　　　　　　 ―「어긋나다」 전문

　수의(壽衣)를 짓거나 이장(移葬)을 하는 것은 윤달의 일
이다. 이러한 풍습은, 윤달이 원래는 없는 달이기에 귀신
들이 세속의 일에 관여할 수 없다는 인식에서 생긴 것이
다. 특이한 것은 윤달에 시인은 수의(壽衣)가 아니라 수의
(囚衣)를 짓고, 이장(移葬)이 아니라 이장(異裝)을 한다는 점
이다. 양자는 서로 다르지만 "절묘한 데서 일치하기도" 하
는 일이다. 우선 망자의 옷인 '수의(壽衣)'는 망자를 죽음 속
에 가두는 '수의(囚衣)'이기도 하다는 점, 그리고 망자의 거
처를 옮기는 '이장(移葬)'은 망자에게 죽음이라는 특이한 옷
을 입히는 '이장(異裝)'이기도 하다는 점이 그러하다. 그런
데 이러한 유추가 성립하기 위해서는 한 가지 전제되어야
할 것이 있다. 그것은 망자와 '나'와의 동일시, 즉 스스로
를 죽은 자로 인식하거나 스스로를 죽어 가는 자로 정립하
는 것이 그것이다.
　이러한 인식은 윤삼월의 '달'과 직접적인 관련이 있다.
"달은/ 맨홀처럼 떠요"는 달이 맨홀 속 어둠의 입구임을 뜻
한다. 윤삼월의 '달'이 현존으로서 부재하는 달을 표시한다

면, '맨홀'은 죽음이라는 부재의 세계의 표식이라고 할 수 있다. 한마디로 '달'은 묘석(墓石)이다. 당혹스러운 것은 이 묘석을 그대로 삼켜 버리는 행위이다. "객기"에 의한 것이든 아니든, 이러한 행위는 윤달에 벌어질 수 있는 가장 부정스런 행위로 간주될 수 있다. 그것은 부재의 표식을 삼킴으로써 부재의 부재, 죽음의 죽음을 초래하기 때문이다. 이는 역으로 부재와 죽음이 내재화되었음을 의미한다. 즉 "얼룩의 종자들"을 수태한 것이다. 윤삼월의 '달'을 삼킨 몸속을 천공에 빗댈 수 있다면, 이제 몸속은 "서른 날 서른 밤" 동안 온갖 부정한 행위들의 공연장이 된다. "양날의 단검 휘두른 윤삼월"이 보여 주는 것은 광기와 중독에 의한 죽음의 검무(劍舞)이다.

'맨홀의 달'에 대해서는 조금 더 깊숙이 들여다볼 필요가 있다. 그것은 '맨홀의 달'이 "양날의 단검 휘두른" 자의 '음험한 얼굴'을 비추기 때문이다.

전력을 다해 고이는 것들은 종종 저를 파먹지
제 몸의 지수화풍을
눈 내리깐 침묵을

만년설 지나 빙하 지나 늑골을 지층 어디에 두었더라?
자꾸 저 아래 깊은 데서 아, 하면 되받아 아~ 하는데

오늘은 비가 내렸지 나는 망한 나라의 오랑캐처럼 후줄

137

근해져서

    대나무 피리 소리에 어깨 기울지 전력을 다해 기울면
    소용돌이로 고이는 소리들
    소리의 맨홀들

    자정엔 창을 불어 끄고
    나를 돌려 끄지
    맨홀에 뜨는 얼굴이 비상계단처럼 움푹하고 바닥은 끝
도 모르게 음험해

    내 안의 지수화풍을 다 바쳐 바닥을 차고 오르면 우두커
니 식탁 위에 핀 그림자
    제 가난한 살집을 뜯어먹지
    실밥처럼 뜯어먹는 한밤의 식사

    파먹고 남은 침묵은 깊은 동굴로 나를 끌어내리지
    밤은 무성한데
    교차로를 돌아온 불빛에 들켜 막무가내 뛰어들고 마는
깊은 소(沼)처럼

    전력을 다해 고이는 것들은 깊이를 모르지 비 그친 뒤
란이
    빨아 널은

요요(蓼蓼)한 달빛

「우물」은 두 번째 시집의 대미를 장식하는 시이다. 그도 그럴 것이, 윤동주의 '우물'처럼, 이 시의 "전력을 다해 고이는 것들"의 깊이는 시집의 심점(深點)이자 생의 심점(心點)을 이루기 때문이다. '맨홀의 달'은 「우물」을 이해하는 첫 번째 계단으로, 이로부터 "소리의 맨홀들", "깊은 동굴", "깊은 소(沼)"의 의미를 유추할 수 있다. 여기서 문제는 "전력을 다해 고이는 것들"이 제 깊이로 고이기 위해선 "제 몸의 지수화풍"을 뜯어먹어야 한다는 것에 있다. "종종 저를 파먹지", "제 가난한 살집을 뜯어먹지", "실밥처럼 뜯어먹는" 등은 이를 구체적으로 보여 준다. 이것들은 "나를 돌려 끄시"에 표현된 대로 죽음에 의해 침식된 주체의 상태를 예시한다. "맨홀에 뜨는 얼굴"이 음험한 이유가 바로 여기에 있다. "맨홀에 뜨는 얼굴"은 가장 내밀한 곳으로부터 자기 자신을 잠식하는 죽음의 뒤란을 반영한다.

그러나 이것으로써 사태가 종결되지 않았다는 데에 문제의 심각성이 있다. "내 안의 지수화풍을 다 바쳐 바닥을 차고 오르면" 맨홀 밖에서 기다리는 것은, 평화와 안식의 저녁이 아니라 "제 가난한 살집"을 "실밥처럼 뜯어먹는 한밤의 식사"이다. 그리고 "파먹고 남은 침묵"이 또다시 깊이도 모를 "깊은 동굴"로 인도한다. 이것은 맨홀 밖의 세계가 맨홀 안의 세계와 그리 다르지 않음을 보여 준다. 나아가 부상

(浮上)이 더 "깊은 동굴"로의 침전(沈殿)을 위한 휴게임을 암시한다. "요요(蓼蓼)한 달빛"은 바로 이러한 생의 부침(浮沈)을 증언한다. 그러니까 "요요(蓼蓼)한 달빛"이 비추는 "뒤란"은 "고단한 것들의 생"의 '뒤란'이자 "얼룩의 종자들"이 마약처럼 웃는 "달의 뒤편"인 셈이다.

그렇다면 "달의 뒤편"을 헤집은 자는 무엇으로 '죽음의 뒤란'을 견딜 것인가? 「그믐달」은 이울어 가는 자의 마지막 보행법을 그믐달처럼 살짝 비춰 보인다.

그
래서
마침내
한호흡으로
네가눕던날매
복해있던어둠이
임종을맞은얼굴로
젖어있었네거울의
뒷면처럼슬퍼져서나
오늘성마른담벼락에
기대츄잉껌처럼따분해
진다네천공과편먹은한
휙붓질이여휘묻이한꿈
은싹수가보인다고진즉
에개밥바라기데리고나

140

와밥그릇긁어대더니

쇄빙선처럼떠서또하

루건너가라는거니쇠

쇠쇠얼음을밀며

야윈발내디디며한

호흡으로마침내

—「그믐달」 전문

그믐달은 파먹은 달이며, 파먹힌 달이다. "옥죄인 매듭은 기실 옥죈 것"(「테이크아웃」)이기도 하기에……. 이 시가 그리는 그믐달의 도상(icon)은 "천공과편먹은한/ 획붓질"을 형상화하는 데 기여하고 있다. 이는 단순히 형태적인 차원에 한정되는 것은 아니다. 그믐달은 천상과 지상과 해상을 오가며 살짝 "휘묻이한꿈"을 상징적으로 표현한다. 여기서 난(蘭)을 치듯, 달을 치는 자의 천품(天稟)을 엿보는 것은 그리 어려운 일이 아니다. "휘묻이한꿈/ 은싹수가보인다"를 그믐달의 유언으로 본다면, "쇄빙선처럼떠서또하/ 루건너가라는거니"는 임종을 지키는 자의 해석이 될 것이다. 이 유언을 끝으로 그믐달이 어둠 속으로 봉인될 것이 틀림없기에, 후자는 임종 이후의 선택과 향방을 가늠하는 척도가 될 수밖에 없다. 이러한 상황은 「저녁의 배경」에서 "별빛을 포란한 당신"이 "어둠 속으로 귀소"하며 "월식처럼 내 몸을 건너"는 것과 다르지 않다. 그믐달은 "초사흘 달 짊어지고 배회하는" '당신'의 현현으로, 여기에는 '어머니'(「그믐달」, 「내 영혼

141

21그램』)의 고단한 생과 죽음이 투영되어 있다.

그렇다면 그믐달이 어둠에 의해 침식당하며 '나'를 방문하는 까닭은 무엇인가? 이것은 그믐달의 전언이 지닌 상징적 의미가 무엇인지에 대한 물음과 동궤를 이룬다. 「그믐달」의 "하/ 루건너가라는거니"는 그 이유를 암시적으로 보여주고 있다. 여기서 "하/ 루"는 삶과 죽음으로 갈라진 시간을 함축한다. 이렇게 말할 수도 있다, "하/ 루"는 삶과 죽음의 사선으로 갈라진 시간이라고. 따라서 그런 시간을 "건너가라는" 그믐달의 유언은 삶과 죽음의 갈림길에서의 선택과 결행을 촉구하는 것으로 볼 수 있다. "야윈발내디디며"는 마침내 모종의 선택이 감행되었음을 보여 주는데, 그것은 그믐달과의 "한호흡", 그러니까 한 번의 호흡이면서 동시에 같은 호흡으로 허공을 건너겠다는 의지를 표명한다.

이로부터 우리는 「꽃의 겨를」에서 "서쪽으로 서쪽으로 불려 가는 낮달의// 맨발이 아프다"고 말하는 자의 심정을 가늠할 수 있다. 그것은 "낮달의// 맨발"이 생과 사의 허공을 딛고 있기 때문이다. 이는 일차적으로 '달'로 상징된 '당신'에 대한 애도가 완료되지 못했음을 의미한다. 일종의 부채의식과 죄의식이 시적 주체의 우울을 부단히 재생하고 있는 것이다. 이우는 것과 저무는 것에서 "고단한 것들의 생"을 발견하는 것은 고운 심성의 발로이겠지만, 그 속에서 끊임없이 "얼룩의 종자들"을 재발견하는 것은 우울의 결과라고 할 수 있다. 만일 '허공'에서 저무는 '당신'이 우울의 직접적 원인이라면, 애도는 '당신'에게 죽음의 처소를 마련해 주는

142

것에서부터 시작될 것이다.

5. 허공에의 정박(碇泊)

자벌레 한 마리 투명실 끝에 매달려 있다
땅에 닿을 듯 말 듯 실 끝에서 곡예를 한다

온몸으로 재던 우주와의 거리
문득 아득했을까
바람을 꿈꾸었다가 새를 꿈꾸었다가
끊임없이 날개를 꿈꾸던 자벌레
헛발을 짚은 것이다
그제야 사뿐 날아 본 것

누옥 한 채 없이
비계(飛階)를 떠돌던 사내가 있다
발 디딘 자리가 늘 허방이었던 사내
아늑한 방 한 칸을 위해
굴신으로 허공을 재고 있었다

아뜩한 찰나
주르륵 자벌레처럼 미끄러져 내려와
자나방이 된 사내

공중 부양의 황홀한 제의를 치르면서

벗어 놓은 제 육신 내려다보곤

혀를 끌끌 찰 것 같은 사내

발 디딜 곳

버리고 나서야 비로소

허공 깊이 방 한 칸 마련했다

　　　　　　　　　　—「허공의 방 한 칸」 전문

　이 시는 가는 실 끝에 매달려 위태로운 곡예를 하는 자벌
레 한 마리로부터 시작한다. 자벌레가 매달린 허공은 "헛발
을 짚은 것"과 "사뿐 날아 본 것" 사이에 존재한다. 이것은
자벌레가 내딛은 한 발이 추락과 비상의 차이를 결정한다는
것을 보여 준다. 즉 허공에서의 자벌레의 시간은 사선으로
갈라진 그믐달의 '하/루'와 "한호흡"인 것이다. "누옥 한 채
없이/ 비계(飛階)를 떠돌던 사내" 역시 마찬가지이다. 그는
"발 디딘 자리가 늘 허방이었던 사내"이다. 그러니 그가 서
있는 발치는 누란(樓蘭)이다. "서역이 아니더라도 어디든 누
란은 있다"(「누란에 서다」)에서 보듯, 누란은 생의 도처에 존
재한다. 시인이 서 있는 발치도 예외일 리 없다. "맨발이었
다/ 암담한 발치"(「시인의 말」)가 예증하듯, 백척간두의 위태
로움은 시인 자신의 것이기도 하다.
　그럼 무엇으로 "암담한 발치"와 누란의 위태를 이길 것인
가? 이는 자벌레와 사내가 "공중 부양의 황홀한 제의"를 치

를 수 있었던 것에 대한 질문이다. 특히 사내는 자벌레와 달리 태생이기에, 그런 그가 "자나방"으로 변이되어 비상할 수 있었던 이유가 궁금하지 않을 수 없다. 그 이유는 크게 두 가지이다. 첫째, 허공의 생에 대한 인식. "굴신으로 허공을 재고 있었다"는 이를 보여 준다. 여기서 허공을 재는 일은 눈의 일이 아니라 온몸의 일이다. 뒤에서 보겠지만 "외로움의 본때"(「초본체(草本體)로 이울다」)를 보는 일이기도 하다. 둘째, 허공의 생에 대한 곡진함. "간곡한 것은 저렇듯 구불구불 기어오르는구나"(「곡진」, 『내 영혼 21그램』)를 보라. 이는 안주(安住)에의 집착을 떨쳐 버려야 할 필요성을 제기한다. "발 디딜 곳/ 버리고 나서야"가 암시하는 것은 "발 디딜 곳"에 대한 집착과 욕망이 '생의 곡예'의 원인이 된다는 사실이다. 곡진함은 허공의 생 바깥에 대한 집착과 욕망에서 출현하는 것이 아니라, 허공의 생 자체에 대한 곡진함으로부터 유래하는 것이다. 이렇게 허공은 "전 생애를 거는 곳"(「가벼운 결속」)이다. 사내는 그곳에서 전 생애를 걸었기에 "허공 깊이 방 한 칸 마련"할 수 있었던 것이다. 그는 백척간두의 벼랑에서 물러나지 않았다.

"발 디딜 곳"을 버린 사내의 존재가 미치는 효과는 이중적이다. 우선, 그것은 "백척간두/ 섣부른 한 걸음을 마다 한 벼랑에게/ 등 떠밀려 돌아온" 자들의 비애를 강화한다. 허공에서 "발 디딜 곳"을 발견하지 못한 자는 기억의 족적 (足跡)에서 생의 거처를 마련할 수밖에 없을 것이다. 그러나 또 한편, "아슬아슬 매달린 마음의 경첩에/ 바람이 눈을 뜨면 나도/ 누군가의 부리를 깨울 수 있을까"(「경칩과 경칩 사이」)
라는 마음을 발원하기도 한다. 이것은 "외로움의 본때"를
맛본 자가 "초본체 외로움으로 본격/ 이우는" 이유를 설명
한다. 「초본체(草本體)로 이울다」는 허공을 딛는 삶의 '본때'
를 본격으로 보여 주는 시이다.

외로움의 본때를 보았지 이 여름,

박과의 한해살이풀

오이(黃瓜)나 참외(瓜) 등속이

외로울 고(孤) 안에 버티고 있지

melon, water-melon처럼 동서가 한통속인

외-로움의 밑둥들 땡볕 속에서 쑥쑥 자라지

마디 하나에 꽃 하나, 그 꽃 이울도록

땅이나 허공을 죽어라 기다

겨드랑이 헛헛해 덩굴손으로 기어코 붙잡지

홀로 구름을 뜯어 단물 속 태반이 되는

외-로움의 완결판 식물도감을 읽으며

함부로 외로움과 내통했던 날들 짚어 구름에 얹어 보네

가뭄에 고개 외로 꼬던 오이밭 단비에 젖어

새 경작지를 허공으로 허공으로 넓히면

그 미답의 경작지 한편에서 나는

암수 한 그루의 노란 통꽃으로 피는데

단내 낳으려 덩굴손 뻗지만 닿지 않는

지척의 네게로 노랗게 져 내리지

초본체 외로움으로 본격

이우는 것이지

　　　　　　　—「초본체(草本體)로 이울다」 전문

　"외로움의 본때"를 본 건 "외-로움"을 맛본 것과 다름없
다. "외-로움"은 바닥을 기면서 성장하는 오이 등속의 로제
타(rosette) 식물의 외로움을 시각적으로 표현한다는 점에
서 재미있다. 즉 "외-로움"의 '외'를 '오이'의 줄임말로 간주
한다면, "외-"는 '오이'와 같이 바닥을 기는 자의 연장된 외
로움을 형상화한다고 할 수 있다. 이러한 재미는 말을 부리
는 시인의 재주에서 비롯하는 것인데, 실상 진정한 묘미는
"외-로움"에서 "홀로 구름을 뜯어 단물 속 태반"을 읽어 내
는 재주에서 발견된다. 빗방울이 "구름의 열매"(「구름 산책」,
「내 영혼 21그램」)라는 사실에 무슨 증명이 필요하겠는가. "단
물 속 태반"은, 가뭄에 단비처럼 "외-로움"이 잉태를 위한
시간임을 너무도 분명히 보여 준다.

　더욱이 "함부로 외로움과 내통했던 날들 짚어 구름에 얹
어 보네"라는 구절은 예사롭지 않다. 이러한 행위는 "가뭄
에 고개 외로 꼬던 오이"의 갈증을 치유하고자 하는 마음
을 온전히 보여 주기 때문이다. "땅이나 허공을 죽어라 기"
는 자의 "외-로움"을 자기의 '외로움'으로써 짚어 주려는 정
신. 여기에 "함부로 외로움과 내통했던 날들"에 대한 새로
운 각성이 내포되어 있음은 자명하다. 이것은 "나는 좀체
누구의 내부에 든 적 없어"(「미각(微刻)」)라는 인식과의 거리

147

를 보여 준다. 이로써 시적 주체의 내밀한 상처가 타자의 "외-로움"에 스미는 순간이 도래한다. 이 순간은 "오이"에 게는 "미답의 경작지"를 확충하는 생의 시간을 뜻하지만, "노란 통꽃"에게는 "초본체 외로움으로 본격/ 이우는" 죽음 의 시간을 의미한다. "스스로 제 주검을 다비"한 자의 "황 홀한 의식"(「구름 산책」)이라 할 만하다. 다비식을 직접 목도 한 자가 죽음의 시간 앞에서 무슨 말을 보태겠는가. …… "곧, 눈이 오리라 캄캄하게" ……. 그러니 화두처럼 몇 마 디 첨언할 뿐…….

6. 침묵의 염

이정원의 두 번째 시집은 생과 종교와 시가 "비애의 통 점"에서 만나는 순간을 예리하게 포착하고 있다. 그러나 초 월자의 상징이 생의 구체적 실상과 완전히 겹쳐지는 것은 아니다. 전자로써 후자를 남김없이 포획하는 것은 불가능 한 일이다. 첫 번째 시집이 이에 대한 강력한 열망과 고군 분투를 보여 주고 있다는 것은 분명하다. "별과의 내통"은 "외로움과 내통했던 날들"의 고단함으로부터 비롯하는 욕 망이겠지만, "외-로움"을 결판내는 외통수는 아니다. 비슷 하게 『반야심경』의 미각(微刻)이 미각(味覺) 속에서 맴도는 심 경(心境)을 송두리째 거머쥘 수 있는 것도 아니다. 그렇다면 '사내'는 누구인가? 이것은 유의미한 질문인가?

윤동주의 「서시」가 생의 통점(痛點/通點)을 이룰 수 있는
건, 그것이 "나한테 주어진 길"에 대한 자각으로 귀결된다
는 점에 있다. 이것은 '하늘'과 '바람'과 '별'을 '시'의 언어로
거쳐야 하는 자의 선택이다. 이정원의 「꽃의 겨를」이 놓인
자리도 여기에서 멀지 않다. 그것은 별의 침잠과 꽃의 조
락, 그리고 낮달의 영락을 '맨발'로 딛고 선 자의 "미답의 경
작지"를 '열심으로' 경작한다. 그의 시가 지닌 미덕은 "비애
의 통점"을 성급한 초월로 휘발하지 않으려 한다는 점에 있
다. 그의 시는 "고단한 것들의 생"이 "유목의 보행법"과 '구
름의 보행법'으로 "암담한 발치"를 내딛는 순간을 부단히 연
장한다. "맨발이 아프다"고 할 만하지 않은가?

그리하여 이제 우리에게는 "구름 발자국이/ 패인 상처를
다독였다"(「시인의 말」)는 말에 담긴 비의를 가늠할 "겨를"이
생긴 것인가? 그의 시가 줄곧 "말(言)은 가시인가, 詩는 가
시의 寺院인가"(「시인의 말」, 『내 영혼 21그램』)라는 질문 위에서
구축되고 있다는 것. 그로 인해 그의 시는 "가시덤불에서 겨
우 피운/ 목숨꽃"이라는 것. 그러나 그의 시는 "가시의 寺
院"이되, "꽃그늘 사원"이기도 하다는 것. 이 모든 것들을
아우르는 한마디 진언은 없다. 설사 세상에 그런 말이 있다
손 치더라도, 시의 중심 자리에 그 말이 놓이는 법은 없다.
그도 그럴 것이 시의 언어란 '맨 말'이 아니겠는가, 그것은
"내 영혼 21그램, 봉돌로 매어 본"(「망상어를 키우다」, 『내 영혼
21그램』) 자가 건져 올린 한 마리 '언어'가 아니겠는가?